野いちご文庫

捨てられ少女は極悪総長に溺愛される【沼すぎる危険な男子シリーズ】

柊乃なや

STARTS
スターツ出版株式会社

黒帝《こくてい》高校・旧生徒会室。
日常に退屈しきった幹部たちは今日も〝極上の女〟を探していた。
――毎月一日。
黒帝のQUEENは「くじ引き」で決まる。
とある秋の日、見事、今月のQUEENに選ばれたのは……。
二年A組　出席番号一番　安斉《あんざい》あやる
「QUEENになるのが嫌で逃亡を図った女って……お前?」
――BLACK KINGDOM
彼らは本能のままに生きている。
一番大事な言葉だけを、暗い瞳に隠して。

BLACK KINGDOM

黒帝《こくてい》高校を支配する一大権力組織。旧生徒会室をテリトリーとしているが、実態は謎に包まれたまま。日常に退屈しきった彼らは、今日も“極上の女《クイーン》”を探し求め続ける…。

幹部名簿

KING ──総長── 松葉《まつば》 千広《ちひろ》

QUEEN ──総長補佐── ※各月交代制 安斉《あんざい》 あやる

JACK ──警固── 今屋敷《いまやしき》 洌《れつ》

JOKER ──内偵── 椎名《しいな》 開吏《かいり》

ACE ──特攻── 伊織《いおり》 絹《きぬ》

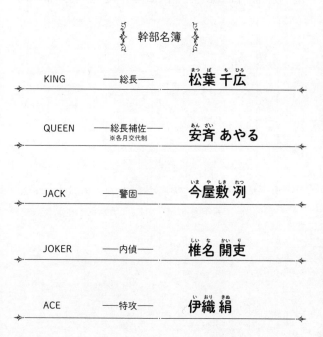

目次

序章

帝区《みかど》は人の入れ替わりの激しい街だ。

特に西側の治安の悪さは有名で、常に殺伐《さつばつ》とした空気が流れ、暴力が幅をきかせている。

間違っても〝ごく普通の〟人間が、好んで住む場所ではないだろう。

昨日まで隣で笑っていたはずのクラスメイトが、なんの前触れもなく〝家庭の事情〟で転校したと、朝、担任から告げられる。

なんて、よくあるハナシ。

思い出が、次から次へと塗り替えられる。

数年前に仲の良かった友人の名前も、今日は思い出せない。

黒帝高校はそんなセカイの一角に建っていた。

街の人間は口を揃えて「愛は虚構だ」と口を揃える。
初めからないものとして扱えば傷つくことがないからだ。
それが「愛を信じたい」という気持ちの裏返しであることに気づいている者は少ない。
〝人を一生愛せない〟
そう噂される、冷血な男にも、かつて、恋焦がれた女がいた。

黒帝

「もうすぐだね～幹部からの〝呼び出し〟の時間！」

やけに教室の空気が浮ついていると思ったら、そういえば今日は月始めだった。

「今月のＱＵＥＥＮ誰だろーっ。緊張で心臓おかしくなりそうなんだけど！　ねえ、あやるん、聞いてる？」

「うん聞いてるよー」

「嘘つけえ！　スマホ見ないの、没収！」

「ひえっ、返してよヒナタちゃん」

手を伸ばすと、ひょいと避けられた。

「あやるんは気になんないの？　今月のＱＵＥＥＮ」

「んん……べつにどうでも」

「ひょっとしたら自分が選ばれるかもしれないのに？」

「あはは、それはないない～」

思わず笑ってしまった。

だって、本当にありえないんだもん。

黒帝高校を支配する『ＢＬＡＣＫ　ＫＩＮＧＤＯＭ』の、いわゆる〝姫〟ポジションであるＱＵＥＥＮ。

選考方法はくじ引きだとか体《てい》のいいことを言っているけれど、毎月呼びだされているのは、決まって美女ばっかり。

うちの学校の顔面偏差値がやや高めなことを考慮しても、明らかにおかしいと思う。

「あやるんって夢がないよねえ」

「じゃあヒナタちゃんは、全女子生徒の名前が入ったデータの中からコンピュータがランダムにひとりを選んでるって、本気で思ってるの？」

「思ってるよ！」

「そんな自信いっぱいに……」

呆れつつ、面倒なのでこれ以上否定するつもりはない。

ていうか、ヒナタちゃんは可愛いから選ばれてもおかしくないし。

「まあ、あやるんが興味ないのもしょうがないか〜。ちょっと前まで付き合ってた男いたしね？」

「……、そのハナシはもういいよ〜ヒナタちゃん」

ちらりと脳裏《のうり》に浮かんだ人の顔をすかさず打ち消して、話を逸らす。

「そう言えばヒナタちゃんって、なんでそんなにQUEENになりたいの？」

「QUEENになりたいのはウチの学校の女子全員だよ⁉」

「え〜おおげさな。少なくともわたしはなりたくないし。絶対」

「なりたくないってのが理解できない。だって幹部イケメンしかいないんだよ？一ヶ月間、イケメンたちに可愛がってもらえるんだよ？」

あー、うん、そうだね〜って、テキトウにうなずいてみせる。

――BLACK KINGDOM。

かなり前から黒帝を牛耳《ぎゅうじ》っているとされる権力組織。

KINGは総長、QUEENはいわゆる総長の女（現在は転じて、くじ引きで選ばれた女)、JACKは警固《けいご》、JOKERは内偵《ないてい》、ACEは特攻《とっこう》、というようにトランプになぞらえた名称ごとに各役割が与えられており。

QUEENになれば、BLACK KINGDOM幹部専用の部屋に呼ばれて、夢のように甘い寵愛《ちょうあい》を受けられると言われている。

だけど、モノは言いよう。暇を持て余した幹部たちの暇つぶしの道具として扱われるという見方もできるので、なんともうさんくさいハナシである。

ヒナタちゃんは幹部がイケメンな点をやたらと推してくるけど。

わたし……そもそも。メンバーの顔を知らないんだもん。

──いや、訂正。

ひとりをのぞいて、知らない。

BLACK KINGDOMの下っ端を名乗るメンバーは同じクラスにもチラホラいたりはするのだけど、幹部においては、表には滅多に顔を出さないので、もはや都市伝説的な扱いだったりする。

「あたし幹部の中だったら、冽《れつ》様かな～。とにかくタイプ！　一番顔がいいって言われたら、やっぱり千広《ちひろ》様だけど、あの人はもっぱら観賞用というか……おそれ多すぎて近づけないよね」

「………」

〝千広〟くん。

わたしが幹部の中で唯一顔を知っている男の子の、名前。

松葉《まつば》千広くん。

中学生のとき、隣の席だったことが二回ある。

ほんの二ヶ月隣の席だっただけなのに、千広くんとの記憶は、どうしてか今も鮮やかに残っていて。

それがいい思い出かと聞かれれば、ちょっと違う。

直接的ではないけれど、嫌な記憶も一緒に呼び起こしてしまうから、なるべく思い出さないようにしていた。

『ずっと、あやると、このままだったらいいのにな』

あの甘い響きが、今も呪《のろ》いのように残り続けている。

わたしがQUEENになりたくないのは——千広くんがいるから、だ。

「おーい、あやるーん？　意識旅行してる？」

視界に、手を振るヒナタちゃんがぼんやりと映る。

しだいにクリアになって、現実に戻った。

「っあ、ごめん……どっかいってたかも～」

「あやるんはすぐ旅行しちゃうんだから。のんびりっていうか、ほんと自由人っていうか。マイペースだよね！」

「うぅー、なんでもいいからそろそろスマホ返して～」

立ち上がって、今度は本気で取り返しにいく。

つまさきを、ぐぐっと伸ばして、なんとかキャッチ。

そのとき、画面の時計がちょうど十六時に変わる瞬間を見た。

ヒナタちゃんはじめ、教室にいる人たちが、はっと息をのむ気配がする。

騒がしかった教室が嘘のように静まり返り、酸素濃度が心なしか薄くなったような、息苦しい空間が一瞬でできあがった。

本来、放送のときは、ピンポンパンポーンって事前に音が鳴るはずだけど、QU

ＥＥＮの呼び出しは、終礼が終わってすぐの時間帯に突然はじまる。

ガタ、とスピーカーの奥で人の動く気配がした。

「へへ、今月はあやるんの番かもね」

コソコソ声でそんな冗談を言うヒナタちゃんに苦笑いを返した。ときだった。

『今月のＱＵＥＥＮを指名いたします。二年Ａ組、安斉あやるさん。幹部一同、旧生徒会室にてお待ちしております。それでは』

――ブツリ。

淡々とそれだけを告げて、切れた放送。

騒ぎが波のように広がる中、それをどこか遠くで聞いているようなヘンな感覚に陥《おち》る。

クラス中の視線を浴びながら、背中がゆっくり、ゆっくり冷たくなっていく。

「あやるんすごいすごいっ、やったー‼」

ヒナタちゃんにこれでもかってくらい肩を強く揺すられている。

冗談が……現実になってしまっ、た？

『これ以上、松葉千広を庇《かば》うって言うなら殴るだけじゃ済まねえよ』

暗い思い出がフラッシュバックする。次から次へと流れる……走馬灯《そうまとう》、みたいに。

「……千広くん、」

無意識に零れた声は、クラスの喧騒にかき消された。

「ちょ、あやるんどこ行くの！　旧生徒会室は逆、逆！」

引き止めたヒナタちゃんを振り返る。

「えーっと……ちょっと、身を隠すというか。ほとぼり？が冷めるまで登校しないようにしよーと思って～。よろしくヒナタちゃん」

にこ、と笑ってみせて、全力ダッシュ。

「はあ⁉　あやるんなに考えてんの、指名の拒否は厳禁だよ！　最悪、退学もありえるよ⁉」

「うーん、なんとかなると思う～！」

後ろに向かって最後にそう返事をしてから、旧生徒会室とは反対側へ足を運ぶ。

家に戻るのも途中で見つかる危険があるし、夜が深くなるまでは、校舎の隅に隠れていよう。

そうして、たどり着いたのが校舎の裏庭。

非常階段の下にある狭い空間に、するりと身を忍ばせた。

指名の拒否が厳禁とはいえ、BLACK KINGDOMだって、大して可愛くない女がQUEENになるなんて望んでいないはず。

来ない女をわざわざ見つけに来るほど彼らは暇じゃないだろうし、きっとすぐにほかの子を指名する。

もし見つかったとしても、わたしが辞退すると言えば、喜んで受け入れるよね。

本当は自分の足で旧生徒会室まで行って断るべきなんだけど。

どうしても……千広くんに会いたくなかった。

入れ替わりの激しいこの街。同じ中学だった子たちはもう、ほとんどこの地にはいない。

中学の頃の、千広くんとわたし。

知っている人は、どれくらいいるんだろう。

身を隠して二時間ほどが経過し、陽がだんだんと落ちてきた。

スマホにはヒナタちゃんからの大量のメッセージ。申し訳ないけど、あとで返そう。

辺りが暗くなってきたから、もう動いても大丈夫かな。そう思って立ち上がる。

「よお、久しぶり」

ドッ……！と心臓が跳ねた。

目の前に影がかかった。

相手の足元を見る。

「今月のＱＵＥＥＮは、えらく手間かかる女だな」

足元しか見なかったのに、わかってしまった。

高校に入ってから、一度も言葉を交わしていないのに。

わたしの耳は、きちんとその声を覚えていた。

「俺のことわかるか。あやる」

――悲しいくらいに覚えていた。

再会

階段を通り抜ける風がスカートを揺らす。裾《すそ》を押さえて、うつむいたまま、時間だけが過ぎていく。

わたしの視線は、千広くんの足元から動かない。

「なあ、俺のこと覚えてるか？」

言い方を少し変えただけの、さっきと同じ質問が落ちてきた。

こくり。うなずいてみたけれど、辺りは暗いから相手には見えなかったかもしれない。

そう思って。

「……〝千広くん〟」

覚えてるよ、の意味をこめて名前を口にすれば、直後。

またドッと心臓が騒ぎだすから、どうしようって。無意識に一歩、退いてしまう。

「逃げた理由はなんだ。指名を拒否することは禁じられてる、それくらい知ってるだろ」

「う、ん」

「周りの女に妬まれるのが怖かった、もしくは……」

「………」

違うけど、そういうことにしておいたらいいかもしれない。

うなずきかけたのを、千広くんが遮る。

「いや違うな。お前はそんなくだらない理由で逃げるような女じゃない」

「う、」

「俺が嫌いか？」

なに、その脈絡《みゃくらく》のない問いかけは。

「千広くん、さっきから質問しかしてない」

「お前がなんも話さねえからだろ。それ以前に目すら合わせようとしない」

わたしが退いた分を埋めるように、大きく距離が詰められた。

「酷い話だろ、なあ」

中学のときと同じだ。

千広くんの近くにいると、動けなくなる。

「ずっと会いてーなあって思ってた女が、せっかく目の前にいるのに」

聞き覚えのある冗談めいた口調。

暗がりでも、相手の表情はたやすく想像できてしまう。

鮮明すぎるくらいに覚えているから、わかるよ。

涼し気な目をすうっと細めて、楽しそうに笑うんだ。

わたしをからかうのが、好きで好きでしょうがないってカオ。

「わたし、QUEENは無理だよ」

「あーそ」

「千広くん以外の男の子知らないし、辞退したい、ので、ほかの子に変えるように幹部の人にも言ってくれないかな」

「させねえよ。お前を好き勝手できるいい機会だろ」

「す、好き勝手は困るし、あと幹部の人だって、こんなハズレくじ女、嫌に決まってるし」

ふと、わたしの手に、千広くんの手のひらが重なった。

息が止まる。

「俺が引いたんだ、ハズレなわけねーだろ。次言ったら襲うぞ」

気を使ってくれた……のかな。

さっきまで冗談めいていたのに、どうしてここで急に強い言い方になるのか、振れ幅に困惑する。

そもそも、千広くんの〝冗談っぽい〟は本当に冗談なのか、〝本気っぽい〟は本当に本気なのか。いつだってわからないのだ。

ただ、触れた手から伝わる体温があたたかいのはたしかだった。

「うちのQUEENはお前。今日から、黒帝で一番愛される女だ。わかったか」

そして、彼の本心がどうであろうと、彼の口にすることにはすべて、絶対的な力が秘められているように感じる。

千広くんが地球は四角いと言えば四角いし、千広くんがポテチはのり塩が好きだと言えば、この世で一番おいしいのはのり塩になるくらいの。

「わ、かった」

おかしいハナシ、横暴なくらいの物言いに安心する。それでいいと思わせてくれる。

こんなの、千広くんだけだと思う。

気づけば、手を引かれるままに旧生徒会室に向かって歩いていた自分にびっくりしてしまう。

うそだっ。

ＱＵＥＥＮになるなんてどう考えても無理で、非常階段まで逃げてきたっていうのに、いったい、どーして！

「あの、手、繋がなくても、もう逃げないよ」

「わかんねーだろ。あやるは俺にへーきで嘘つくからな」

「ええっ、なにそれ」

わたしが、千広くんに嘘を？

過去の記憶が脳裏をよぎって、内心びくりとした。

「そんな覚えないんだけど～」

へらっと返して、おそるおそる相手の反応を見る。

一歩先を歩く千広くんの表情は見えない。

「だってお前、高校は赤帝《せきてい》に行くって言ってなかったか」

「う……だ、それ、は」

言い訳、なにかいい感じの言い訳……。

早く返事をしないと怪しまれちゃう。

——ここ帝区には、『黒帝会』と『赤帝会』というふたつの権力組織が存在し、各派閥についた暴走族のことをそれぞれBLACK KINGDOM、RED KINGDOMと呼んでいる。

もとは、『麗帝会《れいていかい》』というひとつの組織だったのが、過去のとある大きな諍いをきっかけに敵対関係になり、ふたつに分裂したと言われている。

黒帝の対角線上に建つ私立赤帝高校は、一般世間から見れば不良校の分類ではあるものの、同じ帝区内に存在するとは思えないくらい校内の雰囲気は明るく、傷害事件などもあまり起こっていない。

地区外からの人気も高いと聞いたことがある。

黒帝会と赤帝会の仲同様、ＢＬＡＣＫ ＫＩＮＧＤＯＭと敵対するＲＥＤ ＫＩＮＧＤＯＭが学校を仕切っていて、その権力は絶大。

赤帝周辺のみ、わりと治安がいいのは、裏で悪事をはたらく輩に幹部が重い制裁を加えているからだとかなんとか。

「お前の友達もみんな赤帝に行ったんだろ。なんで、ひとりだけこっちに残ったんだよ」

「あー……、えっと、普通に近かったから。赤帝、ちょっと遠いし、朝起きるのきつそ〜で」

暗闇で小さく笑う気配がした。

「友達より睡眠優先する奴いるのか」

どうせ数分しか変わらねえだろ、って。そんな声を聞きながら、また、だんだんと思い出してくる。

冷血だとか言われているけれど、そう、千広くんは案外よく笑う人だった。

わざわざ繋がなくても逃げないと言ったのに、まだ手のひらに体温がある。

「千広くん」

「なんだ」

「ほんとに、もう逃げないよ。……逃げないです」

「…………」

掴む力がわずかに緩んだのがわかった。

判断を迷っているみたい。

触れる面積が少しずつ減っていく。

そうして、指先だけかろうじて繋がっている状態になって。

あ……離れ、そう。そう思った瞬間。

「でも、不安なら繋いだままでいーよ、」

とっさに握り返してしまったのは、どうしてだろう。

千広くんが振り向くのがわかったから、反射的にうつむいた。

「お前さ、昔からすぐどっか行きそーで怖かったんだよ」

「……え？」

聞こえなかった。

「わたしが、……なに？」

「だから、俺のそばからいなくな、……──」

いなくな……？

待ってみても返事はこない。

代わりに、離れかけていた指先が再び絡んだ。

校舎から外れた場所。いつもよりも静かに感じる夜。世界に、ふたりしかいないみたい。

「……るなよ、もう」

最後の声は、風の音にかき消された。

あまりにも儚《はかな》く消えていったから、すぐそばを歩いているはずなのに、急に闇にひとり置き去りにされたかのような不安が襲う。

風が千広くんを攫《さら》っていったんじゃないかとか、ありえない、妙な錯覚に陥って。

手のひらの輪郭をそっとたしかめる。

伝わる体温は、数年前と変わらずあたたかい。

懐かしい熱にひどく安心した。同時に、少しだけ泣きたくなった。

お金がある帝区にはたくさんの人が集まる。

そしてお金をはじめ、あらゆるものに侵されて帝区を出ていく。

綺麗なお金、汚いお金というものが仮にあるとしたら、黒帝で得られるものは、ほとんど後者だと思う。

帝区に留まる人は少ない。

黒帝に留まる人はもっと少ない。

『普通の親だったら、子供をこんなところに残していかないよ』

『あやるちゃん〝かわいそう〟』

＊

「ＱＵＥＥＮになるのが嫌で逃亡を図った女って……お前？」

厳《いか》つい扉をくぐると、遊ばせた黒髪にヘアバンドをつけた男の子が現れた。

不機嫌に眉を寄せて、上から下まで品定めをするように見つめられれば、背筋にぴんと力が入る。

「あ、えーと、安斉あやるです。今日からお世話?になります」

「ヘンな名前」

「はあ、どうも」

「今までどんなに可愛いQUEENが来ても、しらーっとしてた千広さんが、珍しく〝心当たりがある〟とか言って探しに出ていくから、いったいどんな美人なんだろって期待してたのに。ただのモブじゃん」

モブ……。

うう、ほら、やっぱり……っ。

ほかの幹部の人にハズレくじだって思われてる。

隣に立つ千広くんの裾を、ちょんちょんと引っ張った。

「千広くん。わたし今からでも返品どうぞ」

瞬きと同時、千広くんの視線がわたしに切り替わる。

だけど、先に口を開いたのは黒髪ヘアバンドの男の子だった。

「うわ、なに馴れ馴れしく〝千広くん〟とか呼んでんの、この女! 身の程わきまえろよ」

「っえ？　……あ」

そっか。今の千広くんはＢＬＡＣＫ　ＫＩＮＧＤＯＭ──生徒はＢＬＡＣＫと呼ぶ──のトップ。

一般生徒はおろか、ＢＬＡＣＫのメンバーですら、まともに近づくことが許されていないと、風の噂で聞いたことがあった。

さすがに焦《あせ》りを感じて、ごめんなさいと頭を下げようとした。……のに。

「いーんだよ。あやるならいい」

千広くんが、面倒くさそうにそんなことを言う。

相手は目を丸くした。

「だって千広さん、女に下の名前で呼ばれるの好きじゃないって前に言ってたのに」

えっ？　え、そうだったの？

中学のときから〝千広くん〟と呼んでいて、一度も文句を言われたことはなかったけど、本当は嫌だったのかな。

「開吏《かいり》。これは俺が引いた女だ。大事に扱え」

たしなめる言い方。低い声に、空気がぴりっと張り詰める。

「……わかった。千広さんが言うなら従うけど。でもなんでこんなモブ女を」

ヘアバンドの――開吏くんと呼ばれた彼は文句を言いつつも、今度は丁寧に頭をさげた。

「一年の椎名《しいな》開吏です。役割としては、主に情報管理と内偵。BLACKには、この前ウチを抜けた人の後任で入りました」

「椎名、くん。よろしくお願いします」

「開吏でいいですよ、あと敬語じゃなくて大丈夫です」

「え、いやでも、ものすごく嫌そうな顔してるけど、ほんとに大丈夫？」

「嫌だけど、千広さんが大事にしろって言ったので大事にしますよ」

「はあ、どうも……。ありがとう、か、開吏くん」

最後の最後までジト目で見つめられて、苦笑いを返すしかなかった。

「じゃあ、安斉あやるサン、どーぞこっちに。中で幹部一同お待ちしておりました」

機械のような棒読みで案内をしてくれる開吏くん。

なかなか動かないわたしの背中を、千広くんがそっと押して先を促した。

十八時二七分。

——ＢＬＡＣＫ　ＫＩＮＧＤＯＭの領域に、初めて、足を踏み入れた瞬間だった。

この領域、旧生徒会室は、本校舎より少し離れた場所にある。

旧と付くからには、やや古びたイメージが湧くものの、実際は本校舎よりも新しい建物だったりする。というのも、以前、生徒会がＢＬＡＣＫを制圧する動きに出たことがあったのだけど、ＢＬＡＣＫはそれをあっさり返り討ちにし。当時使われていた生徒会室周辺はめちゃくちゃに倒壊してしまった。

お金だけはある黒帝高校。すぐに新しく建て替えられたのはいいものの、生徒会が権力を完全に失ったため、ＢＬＡＣＫの縄張りと化すしかなかった。

……というのがおおよその流れ、だった気がする。

黒いソファにもたれかかっていたふたりの男の子が、こちらの足音に気づいて顔をあげた。

「やっと来たね～今月のお姫様」

「逃亡する生意気な女か。しつけがいがありそうだな」

室内には千広くんと開吏くん、それからソファのふたり。

BLACKの幹部総勢四名の視線をいっきに受け、冷や汗が滲《にじ》む。

なるほど。ヒナタちゃんが、BLACKの幹部は美形揃いだと言っていたのは、本当だったみたい。

〝イケメン〟と軽々しく表すことさえためらわれるような整いすぎた造形には、見惚《みと》れるより先に萎縮してしまう。

「二年A組の安斉あやると申します。えっと、一ヶ月間よろしくお願――」

「堅苦しい挨拶はいーの。こっちにおいで？」

「っ、おわ？」

第一印象が大事。とりあえず礼儀正しく……と、思ったのに。

言い終わる前に腕を引っ張られた。ついでに、足元をさっと払われて、視界が反転。

次に瞬きをしたときには、わたしはソファの上に仰向けになっていた。

「僕たちのこと、楽しませてくれるよね？」

にこりと笑う相手の顔が、ありえないほど近くにある。

う、わ。……押し倒されている。

「冽くん。抜け駆けなんてお行儀わりーぞ？」

「えーん怒んないで？　この子、僕好みだったものでつい」

ソファに座っていたもうひとりが腰をあげる。

のんびりとした足取りで近づいてきたかと思えば、わたしに覆い被さっていた人の首根っこを掴んで、ソファの上から引きずりおろした。

「ごめんな。うちの冽くん、節操《せっそう》ねぇんだわ」

そう言うから、当然、助けてくれたんだと思って。

「あ、どうも、ありがとうございます……」

「初対面でいきなりソファはねぇよなあ？　ベッドはあっち。ついて来な」

ベッド？

……ああ、そういう、こと。

状況を理解した途端、色々なものが、すとんと腑に落ちた。

月一で行われるQUEEN選抜のくじ引き。

いったいなんのために、とか、今まで気に留めたこともなかった。

QUEEN――お姫様なんて、きらびやかなのは響きだけ。

やっぱりね。だって、ここは黒帝だから。どんな扱いを受けようが、抗う術なんてあるはずがない。

「――あやる」

背後から千広くんの声がした。

すぐには返事ができなかった。

千広くんは、ＱＵＥＮが〝こういうもの〟だとわかった上で、わたしをここに連れてきたんだ。

その事実だけが心に重たくのしかかる。

期待なんか、もうとっくに捨ててるし大丈夫。

今さら、傷つくことなんて……。

「ほら、早く行こ？　奥の部屋、すっごいお金かけてあるから、お姫様も気に入ると思うんだよね」

さっき、わたしを押し倒していた——洌くんと呼ばれていた彼が、相変わらずにこやかに誘ってくる。

抵抗しようとは思わなかった。そんな気力もない。

黒帝にいる以上、嫌だという気持ちよりも、諦めのほうが勝ってしまうから。

「あっ。自己紹介まだだったような気がするね？　僕は今屋敷《いまやしき》洌。きみと同じ二年だけど、知ってた？」

「いまやしき、れつ、くん」

そういえば、と思い出す。

ヒナタちゃんが、幹部の中で、レッ様が好きって言っていたような。

「あ、はい。お名前だけは存じてました」

「え〜知っててくれたんだ。うれしーな」

にこっと笑うたびに、やわらかそうなミルクブラウンの髪がふわふわ揺れる。

無邪気な仔犬を思い出させる八重歯が特徴的。

今屋敷冽くん。幹部の中ではずば抜けて明るい雰囲気を放っている。

ちゃらいとも言えるけれど、ポジティブに捉えれば、親しみやすそう。

不穏な空気が渦巻いている黒帝の中では、いい意味で浮いているんじゃないかと思った。

「それで、あっちの凶暴なのが、伊織絹《いおりきぬ》」

冽くんが指をさしたほうへ視線を移す。

紫のウルフヘアー、耳元や指にアクセサリーがたくさん目立っている。

冽くんの首根っこを掴んで、引き剥がしていた人だ。

「どぉも」

「は、はい、どうも」

ぎこちなくお辞儀《じぎ》を返せば、どうしてかふっと笑われた。

「肝が据わってそ〜な女。えーっと、名前なんだっけ？　安斉……」

「あやるです」

「アヤル？　ヘンな名前だなー」

「はあ、どうも」

「ハハ、なんだよどうもって。嘘だよカワイーじゃん。千広くんも言ってたぜ」

その名前に反応する。

千広くん、が？

カワイイなんて、言うはずない……。

部屋に入ってからは、ずっと目を合わせられないままだったのに、今度は勝手に体が動いた。

振り向くと、黒い瞳とぶつかる。

どくん、と音がした。

まさか、千広くんもわたしを見ているとは思わなかったから……。

どくん、どくん。

目が合っている時間は、永遠にも思え――。

「……名前のハナシだろ」

そんな言葉と同時、ふいっと視線が逸らされる。

逸らされるまでの間、わたしは息を止めていたらしい。酸欠になっていたのか、
一瞬くらりとめまいがした。

すう、はあ、と呼吸のテンポを整える。

胸のあたりからじんわりと熱が広がっていくのがわかってとまどった。

千広くん、カワイイって言ったこと、否定しなかった……。

「じゃあ僕は、るーちゃんって呼ぶね？」

冽くんに顔を覗き込まれたことで、はっと我を取り戻す。

はい、と勢いで返事をしてしまったけれど。

「るー、ちゃん？」

「あやるの〝る〟を取って、るーちゃん。どーしたの、気に入らないの？」

「いえ、珍しいなあと思って。その部分を取られたの初めてだし、略されるときは
いつも、あやちゃんとか、あーちゃんとか」

「僕の元カノに、あやちゃんもあーちゃんもいるからややこしいんだよね」

「あ〜、へえ、なるほど」

見た目と雰囲気から薄々そうだろうとは思っていたけど、今屋敷冽くん、相当な遊び人とみた。

ヒナタちゃんはこういう軟派《なんぱ》な人がタイプなのかな……。

なんて、一瞬でも気を抜いたのがいけなかった。

「じゃあ、るーちゃん。わかってるよね？」

妖しい色気を纏《まと》った声に、びくりとする。

さっきより幾分低く冷たく、冽くんの声だとわかるまで、しばらくかかった。

「一ヶ月間、存分に楽しませてね」

柔和な笑顔はどこへ消えたのか。

薄くつり上がった口から覗くのは、八重歯じゃなく——鋭い牙。

「泣いても喚いても、壊れても、……僕たちが満足するまで離してあげないから」

甘く見ていたなと思う。

ここが黒帝だって忘れていたわけじゃないのに、少し言葉を交わしただけで、それなりにうまくやっていけるかもしれないと、どうして思ってしまったんだろう。

「うん、やっぱりるーちゃんって僕好み」

「洌くんの好みってわかんね～なあ」

「絹クンだって、しつけがいがありそうだって喜んでたくせに」

「おとなしそうな顔して、ちょっと生意気なとこはイイよな」

どうしよう。抵抗しなかったから、乗り気だと思われたのかもしれない。

こうされることに対して諦めはとっくについているけれど、千広くんの前ではやめてほしい。

千広くんには見られたくない。

なんて、今さら……。

「ねえ、開吏。あれ持ってきて」

扉の手前に立っていた開吏くんが「……はーい」と気だるげな返事をする。

開吏くんが洌くんになにかを手渡すのが見えた。

小さな瓶。中には、カプセルのような形状のもの。

視界の端でそのシルエットを捉えた、のもつかの間。

「はい、るーちゃんコレ飲んで？」

「へ？……っ、ん」

無理やり、なにかが口に入れられた。

いきなりのことで、むせそうになる。洌くんはそんなのお構いなしに、指をつっこんでさらに奥へと押し込んでくる。

「は……っぅ」

舌で抵抗しているうちにカプセルが割れ、とろりとした液体が流れ出る。

ごく、と。半ば強制的に飲み込ませられると、間もなくしてめまいと息苦しさに襲われた。

うまく呼吸ができなかったせいだと思ったけれど……違う。

自分の意志に反して体がどんどん熱くなっていく。

「ん……いつもよりちょっと強めに調合したんだよね。これで嫌でも僕たちを求めるしかなくなっちゃうね、るーちゃん」

じわりと滲んでくる涙は、飲まされたモノのせいなのか、生理的なものなのか、羞恥《しゅうち》からなのか。

それとも……。

「……千広くん、」

どうしてここで名前を呼んでしまったのか。

こうなることがわかっていて、わたしをここに連れてきた張本人なのに。

「千広クンがいーの？　あはは、無理だよ。千広くんがＱＵＥＥＮ〝ごとき〟に手を出すなんて絶対あり得ない。身の程をわきまえようね？」

そう、だった。千広くんは特別な存在。

中学のときみたいに、隣に座って会話をするなんて、今は誰が望んでも叶わないくらい遠い人。

忘れなきゃ。いつまでも、思い出を引きずったりしないで……。

抵抗できない代わりに、そっと目を閉じた。

そんなとき。

「冽」

響いたのは千広くんの声。

「今夜はやめとけ」

「どうした千広クン、急に」

「そいつ処女なんだよ」

「……、……うん？」

……え？

ぽかんと固まるしかない。

「だから、男の経験ねーの、あやるは」

と、あくまで冷静な声が繰り返す。

「るーちゃん、嘘でしょ？　何年も黒帝にいて、そんなこと……」

「いーからお前たちもう帰れ。この女、今日は俺が預かるから」

――松葉千広くんの言うことは絶対、なのだ。

特別通る声をしているわけでもないし、今だって、ただぼそっとつぶやいたくらいの音量でしかなく。

それなのに、冽くんも絹くんも条件反射のごとく一瞬でわたしから身を引いた。

「千広くん、まさか。るーちゃんをこの状態で放置しようなんて考えてないよね？」

「だったらなんだ」

「そうだとしたら……かなり酷《こく》かなあと。さっきも言ったけど、僕、今日はいつもより強めに調合したんだよね。体が火照るだけじゃあ済まないよ」

「……。面倒くせえことしやがる」

不機嫌をあらわにした千広くんは、視線を扉のほうへゆっくりと移し、無言のまま顎で促《うなが》した。

〝出ていけ〟と。

すると十秒も経たないうちにみんなの足音は遠ざかり、千広くんとわたし、ふたりきりになってしまう。

時間の経過とともに肌は火照る一方。視界もぐらぐら揺れ始めた。

「平気か？」

ソファに身を預けたままついに力が入らなくなったわたしに、黒い影がかかる。

屈み込んだ千広くんと目線の高さが重なった瞬間、びくりとした。

おかしいと思う。

どんな状況であろうと、絶対的な支配者側の人間である松葉千広が、誰かの前に跪《ひざまづ》くなんておかしい。

千広くんらしくない……。

似合わないことを、させてしまっている。

急にこみ上げてきた申し訳なさが、どうしてか涙になる。

「っだ……いじょうぶ、」

「そうは見えねえけどな」

顔を背けようとしたのを、伸びてきた手に阻止される。

「肌あっついな」

「やぅ」

思いがけずヘンな声が出て、ますます逃げたくなった。

猫をあやす手つきで頬を撫でる千広くんは、なにがおもしろいのか、くすりと笑って。

「お前が抵抗しないの新鮮でいーな」

「……てーこう？」

「中学んとき、いつもツンツンしてただろお前」

「ツンツン……わたし、が？」

思い返してみても、そんな態度をとっていた覚えはない。

隣の席の千広くんに毎日なにかと意地悪をされていて、でもそれが嫌だと思ったことは一度もなかった。

たしかに口では、やめて、しないでと言っていたような気もするけれど……。

「周りの男、〝安斉さんはおっとりしててカワイー〟とか言ってたけど、俺としてはどこがだよって思ってたな。すぐ怒って凶暴だったし」

「…………」

そっか、中学のときの千広くんの目に、わたしはそういう風に映ってたんだ。

ツンツン、すぐ怒る、凶暴……。

可愛いとは真逆、だ。

さっきの涙に紛れて、また、ぽたりと落っこちる。

「……泣くほどきついのか」

千広くんがそう思っているなら、それでいい。

都合がいいし、きついというのも、あながち嘘じゃないから。

飲まされたカプセルがどんどん体を侵していく。

速まる鼓動も、千広くんに対してなのかカプセルのせいなのかわからなくなってしまった。

でも、大丈夫だって言わないと、千広くんの手をわずらわせてしまう。

「全然なんともない……帰る、帰ります」

ソファに手をついて、立ち上がろうとしたものの、思うように体が動かない。

少し腰を上げれば、目がくらむ。

「う……」

バランスを崩した体は、意思とは裏腹に千広くんのほうへ倒れていく。

「危ねぇな」

すると必然的に、千広くんの腕の中におさまる形になり。

「無理だ。例の薬飲んだらしばらくは動けねぇよ。もう少ししたらまともな思考もできなくなる」

抱きとめてくれた手にぎゅうっと力がこもった。

それだけのことなのに、おかしいくらいにそこに熱が集中して、びくっと腰が浮いてしまう。

や……っ、なんで？

「ち、ひろくん……っ、なんか」

──体、熱いだけじゃなくて、ヘンな感じ。

「……奥の部屋行くぞ」

「おく……のへや？」

って、さっき冽くんが、ベッドがあるとかなんとか言っていた気がする。

でも、わたしはもう歩けそうにない……。

ふわりと体が浮いたのは、そう思った直後だった。

目線がぐんと高くなってびっくりする。

「千広くん……っ？」

「こうでもしねーと運べないだろ」

「べ、べつに運ばなくていいっ、治るまでソファにいるから。……あと、あんまり触らないで……っ」

触れられたところが熱くて熱くて。これ以上密着したら、どうにかなっちゃいそうだから……。

「我慢しろ。奥の部屋には水がある。飲めば少しはマシになるだろ」

千広くんの言うことは絶対だから。

抵抗なんてしない。わかったとうなずいて身を委《ゆだ》ねる。

千広くんに抱えられてゆらゆら、ゆらゆら。

次第に、これはひょっとしたら夢の中なんじゃないかと思い始めた。

中学を卒業して以来、会話を交わすことすらなかった千広くんが今、すぐ近くにいること。

手の届かない存在のはずなのに、こんな簡単に近づくことができるなんておかしい。夢だとしたら辻褄も合う。

今月のＱＵＥＮに、わたしみたいな平凡すぎる女が選ばれることも、夢の中だったらあり得るかもしれない。

夢の中だったら、千広くんが〝あのこと〟を知っていても、おかしくないのだ。

「ね、千広くん」

「なんだ」

「さっき、……わたしのこと」

一瞬、恥ずかしさから口をつぐむけれど、夢の中だとしたら、恥ずかしがる必要はない。

「わたしのこと、みんなの前で、しょ、じょ、って……言ってたの」

――どうして、知ってるの？

そう、続けるつもりだったのに。

「あー、アレか。悪かったな嘘ついて。一番手っ取り早いと思ったんだよ。お前が初めてじゃねーことくらい知ってる」

「……、……え？」

「お前付き合ってる男いたもんな」

あっさり言われて、なんて返していいかわからなくなった。

もしかして、初めてだと知ってて言ったわけじゃなく、わたしを助けるために？

元彼に何度か誘われたことはあるけれど、なんだかんだ理由をつけて断り続けていたせいで最後までする以前にキスすら経験がなく。

てっきり、それを千広くんに見抜かれていたんだと思ったのに。

「あの、千広くん、わたし本当に……」

少し考えて、押し黙る。

本当のことを伝えたところで、なにになるんだろう。

千広くんからしてみれば、わたしが経験あろうがなかろうが、そんなのどっちだっていいはず。

「言いかけて黙るのやめろ」

「……」

「言えねーのか。……ああ。もしかしてほんとーはあの場で手荒なマネされたかったのか？　こーいう風に」

ベッドにわたしをおろすと、冗談じみた笑顔を浮かべて、千広くんが制服のリボンに手をかけた。

指一本でするりと解いて、そのままシャツの隙間に忍ばせようとする。

「や……っ？　千広くんっ？」

あくまで冗談、らしい。

肌に直に触れられることはなく、触れるか触れないか、ぎりぎりのラインを指先がなぞるように動く。

実際は違うのに、その手つきを見ていると、不思議なことに触れられているように感じて。

「っうぅ、……は、ぁ」

行き場のない熱がくすぶって、もどかしさが募る。

熱くて、千広くんが言っていたように、まともな思考すらできなくなりそう。

どうなっちゃうの？

こわい……。

不安から、千広くんの背中にすがるように腕を回した。

「……なんだよ」

「あの、水飲みたいっ……体の奥のほう、あつくて、もうなんか……っ」

こんなところでまた涙が出てくるのは本当におかしいと思う。

だから、これ以上おかしくなる前にどうにかしないと……という思いで必死に相手を見つめる。

「おねがい……」

「……っ」

「ちひろくん、」

「うるさい。もうわかったから。……すぐ持ってきてやる」

うるさいと口では言いながらも、わたしの頭に優しく手を乗せてから離れていく。

千広くんって、前からこんな感じだったっけ……。

無意識なんだろうけど、どこか甘い気がするのは、飲まされたカプセルの作用でわたしの感覚がおかしくなっているから……？

「飲め」

五百ミリのペットボトルを、すでにキャップを外した状態で口元まで持ってきてくれた。

「あ、ありがとう」

受け取ったつもりが、うまく力が入らず、ペットボトルがつるりと手の中を抜けていく。

飲み口が傾いて中身が零れるまでの一連の流れが、やけにスローモーションで流れて……。

「つあ…」

「ぶねぇな」

床に落ちる寸前、千広くんがとっさに掴んでくれたおかげで、中身を全部ぶちまけずに済んだのだけど。

「千広くんの服濡れちゃってる……ごめ、んね、ごめんなさい……」

途端に涙がぽろぽろと溢れてくる。

ここでも泣くなんておかしい。カプセルのせいとはいえ、コントロールできないことが恥ずかしすぎて余計に止まらない。

「……は？　俺べつに怒ってねーよ……怒ってねえ、から」

ほら、わたしがおかしいから、千広くんが珍しくうろたえている。

しまいには、よしよしと背中をさすってくるから……いよいよ、千広くんらしくない。

「ほら水、今度は飲めるか？」

声の調子まで優しくなってしまった。

「俺が持っててやるから口開けろ」

「う……ん」

恥ずかしいのに体は素直に言うことを聞く。

ペットボトルがゆっくり傾けられて、流れ込んでくる冷たい水を少しずつ受け入れる。

「口ちっさ」

「うぅ……」

小さく笑う千広くん。

ペットボトルが口元から一旦離された。

だけど、まだ体は熱いままで……。

「もっとちょうだい……」

「ん。わかった」

結局中身が空になるまで飲ませてもらってから、ベッドに横になった。

こうしていれば、じきに熱も引いていくだろうと思っていたけれど、その考えは、甘かったらしい。

数分待ってみても、収まるどころか体の芯はどんどん熱くなっていく一方。

「おい、こっち向け。どう見ても平気じゃねえだろ」

「や……っ、だいじょうぶ」

千広くんに背中を向けて丸くなった。

頬が紅潮しているのが自分でもわかる。

呼吸が乱れて、勝手に涙が滲む。

体が火照るだけなら我慢できるはずなのに、うまく発散できない熱がもどかしい。

お腹の下の部分が甘く疼《うず》いて……切ない、ような。

こんなことになっているなんて、もし千広くんに知られたら……。

シーツをぎゅうっと掴んだ。

「隠さなくていい。冽の薬飲んだ女は今まで何人も見てきた。大概すぐに理性が飛ぶ。お前はよく耐えてるほうだ」

理性……。

飛んじゃうって、わたしも……？　よりによって千広くんの前で、こんな。

やだ……っ。

「手段選ばねえなら俺が楽にしてやるけど、お前は嫌だろ」

「……え？」

「昔からそうだったもんな。馬鹿みたいにテーソー観念高くて、好きな男じゃないと触れられたくないって」

「そ、れは」

もうだめ……今すぐどこかに逃げたい。

無理ならいっそ意識を飛ばしてしまいたい。

そもそも、QUEENに指名されて逃亡を図るくらいに、わたしは千広くんに会いたくなかったんだ。

だって……。

「千広くんなら、いいんだもん……」

胸の中に閉じ込めておくはずだった本音が、あっけなく涙と一緒に零れてしまった。

沈黙が訪れる。

あれだけ「こっちを見ろ」と言っていた千広くんが、ベッドから少し離れる気配がした。

「やっぱ例の薬って怖えーな。あのあやるが、簡単にこんなこと言うんだもんな」

「え……」

少し怒っているように見える。

どうして？　さっき水を零してしまったときには全然怒らなかったのに。

今のわたしの行動のどこに気に障る要素があったのか、わからなくて不安になる。

いや……気に障るというか、単純に引かれた……のかも。

「楽になりたいんだったらやり方教えてやるよ。そしたら俺がいなくても慰められるだろ」

「やりかた……？　なん、の？　千広くんがいなくてもって……？」

ぶっきらぼうに放たれる言葉の意味を考える余裕は、とっくに奪われてしまっていて、ただ繰り返すことで精一杯だった。

言われたことの意味よりも、どうして千広くんが怒ってしまったのか、回らない頭で理由を必死に考えてしまう。

このままだと、ひとりでこの部屋に置いていかれるんじゃないかと思って、急に悲しさが襲ってきた。

「ひ、ひとりはやだ……、いかないで」

　ベッドに手をついて上半身を起こす。

「楽になりたいけど、ひとりにされたらさみしい、千広くんもいて」

「おいあやる、」

「あと、怒んないで……嫌われたかと思って、こわい……」

「………」

　言ってることもおかしい、文脈もおかしい、千広くんをまた困らせてしまう。

　もしかすると、今よりも怒らせてしまうかも。

　だけど、普段なら絶対に口にできないことが勝手に零れていく。

　大事にしまっていたものを容赦なく曝け出させる強い力がどこかで働いている。

　理性が奪われるってこういうことなんだと思う。

「……怒ってないし嫌ってない」

　ベッドから距離を置いていた千広くんの手が、ぎこちなく伸びてきた。

「あと、ひとりにもしない。……今日はどこにも行かねえよ」

「ほんと？」

「ああ」

「よかった……うれしい」

千広くんの大きな手が、わたしの視界を塞いだ。

「すぐ楽にしてやるから目つぶってろ」

「……目を？　なんで？」

「……、心配しなくても最後まではやんねーよ」

会話、噛み合ってないけど……。

「あんなモノでこうなってるだけのお前抱いても意味ないしな」

ぼそりとつぶやかれたセリフは、聞き取れず。

聞き返そうとしたときには、すでに肩を抱かれていた。

ゆっくりと千広くんの体重がかかる。

触れられたことで、また血液が滾《たぎ》ったように熱くなるし、肌は敏感に反応して震えてしまうけれど、千広くんがここにいると思うと、さっきまでの漠然とした不安がすうっと消えていく。

さっき解かれたリボンの下、制服のシャツやスカートの隙間。

入り込んでくる体温は、わたしと同じくらい熱くて安心した。

とまどうくらい優しい手つきでなだめてくれて。

もどかしさを感じていた部分に丁寧に触れながら、時折、わたしの声が漏れると

やわらかく笑う。

「……可愛いな、あやる」

今日の千広くんは。

最後まで――千広くんらしくなかった。

悪魔

目が覚めても、なんだか現実味のない朝だった。

ここがどこなのか思い出すまでにも時間を要して、しばらくベッドから起きあがることができずにいた。

ぼんやりと記憶が戻った今でも、夜の出来事は果たして現実だったのか、考えれば考えるほどわからなくなる。

QUEENに指名されたのはきっと現実。

非常階段裏に身を潜めていたわたしは千広くんに見つかって、BLACKの縄張りである旧生徒会室へと連れて行かれた。

そこには、千広くんのほかに三人の男の子がいて。

その中のひとり、今屋敷冽くんという人にカプセルを無理やり飲まされた——。

曖昧《あいまい》なのは、そのあとからの記憶。

体が火照って、頭がくらくらして、自分ではどうしようもなくなって……。

〝この女、今日は俺が預かるから〟

千広くんとふたりきりになったのは、現実？　それとも夢？

大きな手がわたしの肌をなぞっていた。

甘い声が何度もわたしの名前を呼んでいた。

〝可愛いな、あやる〟

千広くんの腕が、わたしを抱きしめて……。

ううん。やっぱり、あるわけない。

あのカプセルは精力剤のようなものじゃなく、幻覚を見せる類《たぐい》のものだったに違いない。

触れた肌の感触も伝わる体温も、全部リアルだった気がするけれど、昨夜、わたしの隣に千広くんがいたという証拠がないのだ。

だって、わたしは今この部屋にひとりだから。

制服のボタンもきちっと留まっているし、リボンだって綺麗に結ばれている。

つまり、〝そういう〟事実はなかった、と判断するのが正しい。

じゃあ昨日は、薬を飲まされたあと、わたしはただ眠っていただけ？

体にも、幹部の人たちに乱暴をされたような感覚は残っていないし……。

——と、部屋を見渡したときだった。

「あ、起きました？」

そんな声と同時、部屋の扉が開いて、心臓が止まりそうになる。

「おはよーございますモブ子先輩。昨夜はどんな感じだったんですか？　オレ超気になります〜」

こちらの返事も待たずに、親しげな笑みを浮かべながら近づいてくるのは、たしかBLACKで唯一の一年生幹部——名前は、椎名開吏くんだったはず。

「もぶこ……？」

「あやるサンのことですよもちろん」

「あぅ、そうだよね、わたししかいないもんね」

「怒らないんですか？　こんな呼び方されて」

「へ？　ああ、べつに本当のことだし、いっかなあと」

「は〜、なんだそりゃ。オレは怒らせようと思ってわざと呼んだのに」

変わってますね？と顔を覗き込みながらにやりと笑う彼。

「ムカついたのでこれからもモブ子先輩って呼びます」

「はあ、お好きにどうぞ……」

トラブルはなるべく避けたいし、幹部の言うことにはなんでもうなずいておくのが吉。

「それより、……あの」

今って何時なの？

昨日わたしが飲まされたのって、結局なんだったの？

あれを飲んだあと……わたしは——。

「あの、わたし、昨日の記憶がほとんどなくて……なにがあったのかな〜と」

すると、相手は目を丸くして。

「そんなのこっちが知りたいですよ。てか覚えてないとかあんの？　覚えてないくらい激しーことしたわけ？」

「は、え……？」

「だいたいおかしーんだよ。今までどんな女が来ても見向きもしなかったのに、なんで千広さんがこんなモブ女に……。あんた千広さんのなんなわけ？」

非常に不可解だ、といった表情を向けられ言葉に詰まる。

ううう、やっぱり歓迎されてない。

そんなのあらかじめ知っていたことだけれど、この人は特にわたしのことが気に入らないのだと目に見えてわかる。

「ほんとにごめんね、わたしが選ばれたばっかりに。一ヶ月我慢してくれたらすぐ出ていくので……」

「そーいう問題じゃないですよ」

開吏くんはわざとらしくため息をつき、ベッドにどかっと腰を下ろした。

鋭い瞳が再びわたしを捉える。

「オレは誰がＱＵＥＥＮになろうと正直どうでもいいんです。どうせ一ヶ月間だけのお飾りにすぎないんだし。だからこそ、ＱＵＥＥＮごときが千広さんの近くにいると許せないっていうか。千広さんにはずっと、誰も手が届かない存在であってほしい……」

最後のほうはひとりごとのようにも聞こえた。

なるほど……。

開吏くんの言いたいことは、なんとなくわかった気がする。

「千広さんって絶対他人と馴れ合わないんです。幹部のことすら信じてないし、きっと誰のことも好きじゃない。気高くて、まさに孤高の存在って感じで、ずっとオレの憧れだったから」

孤高の存在。すごくしっくりきて、つい、大きく相づちを打ってしまった。

「わかったようにうなずくのやめてください」

「や、わかったようにっていうか……開吏くんの気持ちは伝わったというか」

「はあ？　簡単にわかられちゃ困るんですけど」

「開吏くんが千広くん過激派なのは理解した！って意味だよ、……です」

「なっ……、んだよ過激派って。もっとほかに言い方ないのかよ」

ふいっとそっぽ向かれ、怒らせたのかもと一瞬焦る。

「千広さんには返しきれないくらいの恩があるので、一生かけて仕えるつもりでいるってだけのハナシですよ」

「返しきれないくらいの恩……って？」

「モブ子先輩なんかに教えるわけないでしょ。でもオレが今生きてられるのは千広さんのおかげです。オレなんてなんの取り柄もないのに、ましてや、普通は一年が幹部になることなんか絶対あり得ないのに、この席に就くことができてるのは千広さんの後ろ盾があったからで……」

開吏くんの表情に、ふと影が落ちた。

唇を固く結んで、なにかを思い出しているよう。

今生きていられるのは、千広くんのおかげ……。

開吏くんの過去には、いったいなにがあったんだろう。

部屋に再び静寂が戻る。

さっきまでの勢いはどこへいったのか、急に黙り込まれるとどうしていいかわからない。

「あの……。開吏くんは自分になにも取り柄がないって言ってたけど、あの千広くんが認めてそばに置いてるんだったら、自信持っていいんと思うんだけど」

開吏くんがわずかに顔をあげる。

「ま……そーですね、身代わりでも、そばに置いてもらえるだけで光栄だし」

「身代わり？」

「昨日言わなかったですか？　オレは幹部を抜けた人の代わりで入ったんですよ。BLACK九代目JOKER、黒土《くろつち》絢人《あやと》って知らないですか？」

「っ、……え。黒土くんって」

もしかして、と。聞き覚えのある名前に反応する。

といっても、直接話したことすらない人だけど。

「中学の頃、千広くんと仲が良かった人だよね」

千広くんの話にときどき出てきていたから覚えている。

千広くんのことを慕っている人は昔からたくさんいたのに、どうしてか彼の口から友達の名前が出てくることはほとんどなく。

そんな中で、唯一聞いたことのある名前が『アヤト』──黒土絢人くんだった。

家の都合で、表立って仲良くすることができないと言っていたけれど、放課後、みんなの目がない場所で、よくふたりで会っていたのをわたしは知っていた。

「黒土さんは、千広さんが幹部の中で唯一心を開いてた人だって聞きました。だからオレも、すげえ尊敬してて……なのに」

「…………」

「なのに、黒土絢人はＢＬＡＣＫを裏切った」

裏切った……？

中学の頃の記憶をたどってみる。

わたしが知る中で、一番仲が良かったはずのふたり。

黒土くんと話しているときの千広くんは、いつも纏っている威圧感のようなものもなくて、自然体だった気がする。

黒土くんのほうも、いつも楽しそうにしてて……。

「裏切ったって、どういう……」

「赤帝側に寝返ったんですよ。千広さんはＲＥＤの情報を流すよう黒土絢人を赤帝に送り込んだんですけど、いつの間にかあっちの味方についてたって……笑えるでしょ」

「そんなことが？」

ははは、と乾いた笑いが響いた。

「冽さんも絹さんも言ってますよ。黒土絢人だけは許さない、息の根止めてやるって」

息の根を止める。

普通の人なら、言葉にして終わりのこのセリフ。

黒帝ではわけが違う。

殺すと言ったら本当に殺しかねない。そういう危うさが、ここには昔から存在する。

千広くんはどう思っているんだろう。

本当に裏切られたと思ってる？

息の根を止めたいと思うほど恨んでる？

「でも感情抜きにして、黒土絢人が抜けたのはＢＬＡＣＫとしてはかなりの痛手ですね。今の二年生……二〇〇Ｘ年生まれを帝区の裏組織の輩が〝悪魔の世代〟って呼んでるの知ってますか？」

「な、なにそれ……聞いたことない」

「恐ろしいほどの才能に恵まれた異端児が揃ってる世代って意味です」

ふう、と息を吐いて、開吏くんが続ける。

「たとえば、黒土絢人はギャンブルの天才だって言われてました。同じ赤帝のKING は頭が相当キレるみたいで、交渉の天才って言われてます。どんな取引でも必ず成功させるらしいですね」

「へえ……なんていうか、すごいんだね」

ここまで次元の違う話をされると、当たり障りのない相づちしか出てこない。

「そしてウチのJACK・今屋敷洌は〝調薬の天才〟……。モブ子先輩が飲まされたアレは、洌さんが一から全部つくったものです」

「んな、そうだったの……。っ、ていうか、そうだ、あの薬を飲んだあとの記憶がないって……わたし、その話をしてたはず。昨日の夜のこと知りたいんだけど」

「オレが知るわけないでしょう。千広さんがなんでこんなモブ女を預かるって言ったのか、ほんっと理解に苦しむ」

心臓がどき、と静かな音を立てた。

「てことは、やっぱり昨日の夜、わたし、千広くんとふたり、だった……？」

「……うん」

「っ、」

　すると、ぎろりと睨まれ。

「これだけは教えてやる。間違っても千広さんがあんたみたいな女に手出すわけない」

　はっきりとした口調で告げられた。

　そんなしつこく言わなくても。

「わたしも、そう思う……」

「だけど昨日の夜、千広さんがモブ子先輩とふたりになりたがったのは事実……。思い出してくださいよ、ふたりでなにしてたのか」

「覚えてないの……ほんとに。正確には、どこまでが現実でどこからが夢なのかわからないっていうか……まあ、ほぼ全部夢だと思うけど」

「夢？　その夢ってヤツの中身を聞かせてもらいたいですね」

「も、もういいじゃんこの話は……っ。ていうかそもそも開吏くんはなにしにきたの？　わたしを質問攻めにするためにわざわざ来たのっ？」

　千広くんに、誰にも触れられたことのない部分をなぞられて、甘い声で名前を呼ばれて、優しく抱きしめられる。

そんな夢、人に話せるわけない……！

「オレは……今朝、千広さんから電話があって。『あやるの様子を見に行ってやれ』って、言われて」

「千広くんから？」

「食べ物とか色々持ってきてあげたので感謝しろ」

「急に命令口調……」

するとまた睨まれるので、おとなしく、ありがとうございますとお礼を言った。

「ん」とぶっきらぼうに紙袋を渡される。

「早く食ってください。モブ子先輩がちゃんと食事とって教室に行くまで見張ってないといけないんですオレ」

「……それも千広くんに言われたの？」

「そーですね」

「開吏くんて従順だね……。見張らなくても、もう逃亡して迷惑かけるようなことはしないから、帰っても大丈夫だよ？」

それに対する返事はなかった。

しばらく考えているようだったけれど、結局ため息をひとつ零して、ベッドに座ったままスマホを触り始めた。

仕方がないので、持ってきてくれた袋に入っていたおにぎりを取り出して口に運ぶ。

そばにいられると、気まずくて食べづらい……。

なんて思っていたところ。

「モブ子先輩って昔の千広さんも知ってる感じでしたよね。千広さん、中学の頃は今より荒れてたって聞きましたけど」

開吏くんがぽつりと話しだす。

「うん、まあ……。やんちゃ？だった気はする。でも親しみやすかったよ。ほら、千広くんって案外明るいし、よく笑うし」

直後、ぎょっとした目を向けられるから何事かと思えば。

「よく笑う？　千広さんが？」

「え、うん」

「いや、ない。千広さんが笑ってるのとか見たことない——こともないけど……」

ふたりしかいないのに、どうしてか声を潜めた開吏くん。

「千広さんが笑うのって、相当キレてるときですよ」

「へあ？」

気の抜けた声がでた。

相当キレてるとき？

ものすごい勢いで過去の映像が巻き戻される。

中学のあんなときもそんなときもこんなときも……千広くんが笑っていた記憶はたくさんあるけれど。

たとえば中二の冬。

『うわ、またあやると隣の席って。俺のくじ運どうなってんだよ、しかも一番前とか。明日から学校来んのやめよーかな』

『そ、そんなに言うなら変わってもらえばいいじゃん、千広くんの隣になりたい子いっぱいいるんだし……！』

周りの女の子に声をかけようと立ち上がったわたしを、千広くんが引き止めて。

『いーよ別に。面倒くせえことすんな』

『でも、わたしの隣、嫌って……』

『いいんだって。隣だったらお前のこといつでもいじめられるし、そう思えば悪くねぇよ』

そう言った千広くんは、言葉とは裏腹に優しい笑顔だった……。

はずだけど。

開吏くんの話が本当なら、優しい笑顔だった、と感じたのはわたしの勘違いで、内心、大変ご立腹だったってこと……？

考えた瞬間寒気がした。

わたしのバカ。鈍感野郎。

千広くんの言葉を鵜呑《うの》みにせずに、潔くほかの子に代わってもらっとけばよかった。

「モブ子先輩、呼吸止まってますよ。あと顔色も悪いです。人工呼吸いります？」

「……はっ、止まってないし、顔色良好です」

「えー残念。介抱するふりして押し倒してやろうかと思ったのに。オレ最近ご無沙汰で溜まってるんですよね」

でも、もうとっくに終わったことだから、考えても仕方ないけど……。

「ねえ、モブ子先輩聞いてんの？」

「うん……」

「じゃあ押し倒していい？」

「うん……」

開吏くんが隣でなにか言っているのはわかりながらも、頭の中は千広くんでいっぱい。

中学からの付き合いで割と理解しているつもりでいたけれど、誕生日とか血液型とか、思えば知らないことばかり。

あの頃は、周りの女の子たちより千広くんと接する機会が多かったから自惚れていたのかもしれない。

……今思えば、初めから遠い存在だったのに。

ちくりと胸が痛んだのには気づかないふりをした。

「モブ子先輩、無防備すぎない？　ていうか意識ある？」

我を取り戻すと、どうしてか、開吏くんがわたしに覆い被さっている状態だった。

えっ、あれ。

押し倒されている……？

いつの間に！

「ひえ、なんでなんでなんで」

「先輩がいいって言ったんですよ？」

「い、言ってないよお」

「まーいいじゃないですか。モブ子先輩でも、遊び相手くらいにはなるでしょ」

なんか、知らない間にヘンな流れになっている。

「開吏くん、お願いだからいったん落ち着いて〜」

迫ってくる彼の胸板をぐぐと押し返す。

「やだ。てか本来、これがＱＵＥＥＮの仕事なんだから抵抗しちゃだめじゃないですか」

「そうかもしれないけど、わたしまだ……」

「ああ、処女なんでしたっけ？　今どき珍しいけど、だからこそオレは興奮するっていうか」

そう、昨日は千広くんに助けられたけれど、QUEENに指名されたからには逃れられない運命。

黒帝の子たちはみんな〝そーいうこと〟を経験済みだから、いい加減わたしも腹をくくらないと……とは思う。

思うけど……！

「じ、実は、わたし……っ」

思いきって、告白を試みる。

うん？と首を傾げる開吏くん。どくん、どくん。鳴り響く心臓がうるさい。

「ええと、実は、じつ、は」

溜めに溜めるわたしに、開吏くんは怪訝そうに眉をひそめた。

い、言えない。

ショジョどころか、ファーストキスもまだ大事にとってあるなんて……！

「あの、そうだ、シャワー借りたい！のですが……」

「はあ？」

「昨日、家に帰れなかったから……。このあと授業にはちゃんと出たいし」

「…………」

開吏くんはさらに面倒くさそうな顔をする。

「授業に出たいとか。そんな言い訳で逃げるつもりですか？」

「だって出たいんだもん！　どいて！」

なんとかこの場を切り抜けようと、もうなりふり構わず押し切ることにした。

「出たいんだもんって……。はは、ほんとヘンな女」

思いのほかあっさりどいてくれてほっとする。

「シャワー室あっちです。着替えもまだおろしてないのが揃ってたはずだからテキトーに使っていいですよ」

「あ、どうも……」

「その代わり。今日の放課後はこういうわけにはいかないですよ。幹部を楽しませるのがQUEENの義務なんですから」

そう言っていったんシャワー室まで案内してくれた開吏くん。

終わったら教えてくださいという声を聞きながら、シャワー室の内側から鍵をかける。

……ひとまず、ひとりになれた……。

胸を撫でおろして、おもむろに衣服に手をかけた。

ブラウス、下着、……と順に外して。なにも身に纏わない状態になったときだった。

「あれっ、千広さん早かったっすね。お疲れ様です」

「……あやるは？」

──そんな声が聞こえてきたのは。

ドッ……と脈が跳ねる。

「モブ……あやるサンはシャワー室に」

「お前手出したの」

「いや」

「正直に言えよ」

「……出しかけたけど、阻止されて」

「へえ、どーいう風に」

「授業に出たいからどいて、と」

一時の沈黙。

のちに響いたのは、笑い声だった。

「ははっ。開吏に言うこと聞かせるとか、やっぱあいつ最高だな」

き、聞き間違いかな。

笑ってるけど、まさかキレてる……なんてこと。

幹部の開吏くんに〝歯向かうなんていい度胸してんな（怒）〟的な……？

千広くんの笑顔は悪魔の笑みだったのか。

悪魔の世代だけに……。

これ以上会話を聞くのも怖くなってきて、シャワーヘッドを手に取った。

ちょうどいい熱さのお湯が出てきたのを確認してから、無心で全身に浴びる。

開吏くんはシャワー室という言い方をしていたけど、そもそも広すぎる。

シャワーだけじゃなく、ドラマに出てくるような、透明の、なんか高級感溢れる浴槽付き。

贅沢な空間だなあと感心しているうちに、時間は五分十分と経過していく。

さすがにもうそろそろ出ないと、怪しまれるし。

でも出ちゃったら。

ち、千広くんが……いるし。

「あやる、お前のぼせてねえ？」

「ぎゃっ⁉」

背後からちょうど今考えていた人の声が聞こえて、心臓が縮まった。

気配なかった。いつの間に。

振り向くと、スモークの扉越しに千広くんの影が動く。

「んな、なんでいるの～……」

「いたら悪いか」

「悪いよ、ここお風呂場だしわたしなんにも着てな……、うっ」

「見えてねえよ、シルエットしかわかんねえ」

「な！　それ見えてるじゃんっ。目閉じてあっち行って～お願い！」

「なんだよううるせえな。昨日はあんなに可愛……」

「……？」

扉を隔てているせいで聞こえにくい。

「なにって？」

「……のぼせる前にはやくあがれって言ったんだよ」

「ああ、うん。わかりました……」

「替えの制服。棚の二段目開けたら入ってる」

ぶっきらぼうな声を最後に、千広くんの気配はなくなった。

――はあ、緊張したあ……。

無意識に呼吸を止めていた気がする。

ていうか、制服まで新しいものを用意してくれるなんてサービスいいなあ。

広いベッドに高級感溢れるお風呂。

〝たかがＱＵＥＥＮ〟という言い方の割には、かなり優遇されているように思う。

とはいえまだＱＵＥＥＮになって一日も経っていないんだからはっきりとは言えない。これから超がつくほど酷い目に遭うかもしれないし……。

バスタオルを手に取り、のそのそと体を拭きながら今後のことを考える。

〝今日の放課後はこういうわけにはいかないですよ〟

〝幹部を楽しませるのがＱＵＥＥＮの義務なんですから〟

楽しませる……かあ。

逆らう術はないので、流れに身を任せて耐えるしか道はない。

初めては好きな人と……という夢はおそらく叶わない、と諦めもついたものの。

困ったことに、わたしは本当に経験がないのだ。

大人女子向けの漫画をヒナタちゃんからよく貸してもらっているおかげで、知識だけは一丁前なのだけど、しょせん漫画は漫画、現実は現実。

「やっぱもう一回逃亡しよっかな……って、ん？」

諸々の着替えは用意されていると聞いて、特になにも考えずに脱衣したのがいけなかったかもしれない。

たしかに用意はされている。

ブラ、ショーツ、キャミ、制服の上下。

インナー類は新品で、制服もクリーニングされた状態で綺麗にしまわれている。

問題は別のところにある。

制服以外の布……役割を果たしてくれるのか不安になるほど、色々と透け透けなのはどうして。一度脱いだものを着るのには抵抗があるし、選択肢はないも同然。迷っていたってなにか解決方法が出てくるわけもないので、ごくりと息をのんで透け透けのそれに身を通した。

「ううむ……着られている感がひどい」

やっぱりこの手の下着は、貧相な体には似合わないらしい。

本来大事な部分を守るためのもの。

露わにしてはなんの意味もないだろうに。

でもまあ、制服をどうせ着れば見えないし……。

と、スカートのファスナーを上げたところで、また異変に気づく。

ひ……え。

「あのお！　千広くんちょっと～」

衝撃のあまり、奥の部屋にいるであろう彼に向けて声をあげてしまった。

「なんだ」

「開けないでっ、そこ開けないで聞いて」

「開けねーから早く言え」

「この制服、長さがおかしい。どう考えてもおかしいと思う」

わたしのいつものスカート丈は、膝上三センチ。

これでも短いほうだと思っているのだけど、用意された替えの制服ときたら。

「股下ゼロセンチ！」

「大げさだな」

「大げさじゃないよ、……正確には股下三、四センチくらいあるかもだけど、ちょっとでも揺れたら見える」

「そういうつくりなんだよ、黙って着てろ」

「無理、こんなの着るくらいだったら自分の着る…… 制服なら一日洗わなくてもいける、夏じゃないし――」

なんて文句は、最後まで聞いてもらうことができず。

直後、目の前の扉が開いた。

「!?!?」

突然のことに頭がフリーズして、ぱちぱち瞬きを繰り返すことしかできない。

「QUEENの制服ってのはほかとは違うよーにできてんだよ。胸元の紋章とか、袖口のラインとか。あとリボンの留具の部分、本物のブラックダイヤだから失くすなよ」

なにやら丁寧に説明してくれるけど、それどころじゃない。

「あ……開けないでって言ったのに！」

やっとのことで一歩退いたわたしに、千広くんはきょとんとした顔を向けた。

「なんだよ、どうせ制服着てんだからいいだろ」

「そういう問題じゃないよっ！　ていうかわたし、扉越しにスカートの長さの話してただけじゃん。ブラウス着てないかもしれないじゃん、あんな、す、透け透けの下着見られたら……っ」

焦りで文脈がおかしくなっていくわたしの傍らで、千広くんの顔が、どうしてか赤く染まった。

「そ……んなの見ても、俺はどうにも」

「千広くんがなんとも思わないとかじゃなくて、わたしがだめなんだよ……っ。だいたいお風呂場ってプライベートな場所なのに、千広くんのばかたれっ」

胸板をぐいぐい押して、相手を脱衣所の外へと促した。

「おかしいだろ、お前が呼んだから来たのに」

素直に後退しながらも、不服な声を出す千広くん。

「スカートが短すぎてびっくりしただけだから、もういいよ、制服は自分の着る」

「制服はこのままでいいだろ。短いほうが可……、誰も気づかねえよ、長さがちょっと変わったくらいで」

「いや気づくよ、明らかに短いよ……」

わたしに押されるがままだった千広くんの動きが、ふと止まった。

目の前に影が落ちて、千広くんの唇が耳元に近づいた。

急に変わった空気にどきりとする。

「口答えするな。この制服はお前のだ」

「っ……」

低い、命令口調なのに、どこか甘さのある響き。脳に直接届いたあとで、ぞくりとした刺激が体に走る。襟に通しただけのリボンが、眼下で揺れているのがわかった。

その両端を千広くんが拾って、丁寧な手つきで結んでいく。

「いいか、勝手に解いたら——……してやる」

脅しというより呪いに聞こえた。

呪いというより、——。

衝動

「なに、千広さんの話を詳しく聞きたい……？」

ドライヤーで髪を乾かしてシャワー室を出ると、部屋に千広くんはいなかった。

もともと、今日は大事な予定があったのだとか。

それなのに、わたしが脱走していないか確かめるためだけに、短い空き時間でわざわざ黒帝に戻ってきたのだという。

明らかに時間の使いどころを間違えていると思うんだけど、わたし、そんなに信用ないのかな……。

「てか。さっきまで授業出たいんだもん！って言ってたくせになんなんですか」

「だって、この短いスカートで教室に行く度胸はないというか……」

見張り役として嫌々一緒にいてくれる開吏くんに、せっかくだし現在の千広くんのことを教えてもらおうとしたのだけど、さっきから睨まれるばかり。

「ほら、千広くんたちの世代は天才が集まってる、異端児《いたんじ》とか言ってたでしょ。千広くんはなんの天才なのかなあ～とか」

「千広さんは天才なんかじゃないですよ。そんなんで収まる人間じゃないです。千広さんは……言うなら、……権力、そのもの？」

ああ、なるほど……漠然としているけど、なんかすごくわかる。

そう、千広くんの言うことは〝絶対〟。

まず、持っているオーラが明らかに違う。

目を見張るほど綺麗な顔立ちはもちろんのこと、落ち着いた声の中にもどこか鋭さがあり、冷静な瞳は周りに有無を言わせない。

千広くんが目の前に立てば、たとえ本人が望まずとも、その場で主従関係が成立してしまうのだ。

「千広くんは権力そのもの……。解釈一致すぎる」

「もー、またわかったような口を。モブ子先輩ってまっじで馴れ馴れしい」

と言いつつ、肯定してもらえて嬉しいのか若干頬が緩んでいる開吏くん。

接し方、だんだん掴めてきた気がする。

開吏くんのご機嫌を取りたいときは、千広くんのことを褒めれば大抵はうまくいきそう。

「千広くんて、ほんとにすごいよね！」

試しに拍手を交えてみれば、相手の顔がわかりやすく綻んだ。

軽率に可愛い……と思ってしまったのは仕方ないと思う。

「天性の才能ですよね、あれで十七歳とは思えないです！　千広さんは中学のときからすでに完成されてたって噂で聞いて、あの人の中学時代を知る人がほんとにうらやましい……」

「あ～たしかに中学の頃も千広くんの隣の席になりたがる子が絶えないほどモテてたよ」

「やっぱり！　そうだと思っ……いや、ん？」

はしゃいでいたかと思えば、開吏くんは急に口をつぐんで。

「なんでモブ子先輩が知ってるんですか。千広さんのクラスでの様子なんて」

「え……？　普通に、同じクラスだった、から」

てん、てん、てん。

きっちり三秒間の沈黙を経て、再び睨まれる。

「え？　あれ、知らなかった……？　わたし言ってなかったっけ、うう、ええと」

「言ってない」

「そ、そうか。……ごめんね」

「……いや、今までの会話からもしかしてと推測はしてた。でもいざ言われると腹立たしくてほんと無理」

せっかく機嫌を直してくれたと思ったのに。

やっぱり開吏くんは一筋縄ではいかなさそう。

機嫌の移り変わりがジェットコースター並でついていけない。

こんな険悪なムードで見張られるくらいなら、短すぎるスカートで授業に出るほうがまだマシかも……。

悩みながら視線を泳がせたときだった。

ノックもなしに突然、部屋の扉が開き。

「あーあ開吏クンってば。QUEENをひとり占めしたらいけないんだぞ～って」

近づいてきたその人からは、昨日飲まされたカプセルと同じ、危険な甘い香りがした。

BLACK KINGDOM、参ノ席JACK・今屋敷洌くんのご登場である。

目が合った瞬間、昨日の出来事が鮮やかにフラッシュバックした。

「わたし、もうアレ飲みたくないです……」

「あはは、第一声がそれ〜？　るーちゃんてほんとおもしろいね。昨日はごめんごめん、怒んないで？」

「あんなのいきなり飲ませられて怒らないほうがすごいと思う、んですけど」

「え〜。今までの女の子たちはみんな喜んで飲んでたけどなあ？　体が敏感になって、もっと気持ちいいからって」

「んえ、そっ……」

顔面全体が熱を持つ。

ほら……ほらねっ。

すぐ平気でそういうことを言うのが、もう……！

「理性さえ剥ぎ取れば、るーちゃんとあーんなコトやこーんなコトがいっぱいできるのにね……？」

ふわふわミルクブラウンの髪。甘いフェイスにゆるい口調。

それらに似合わない発言をするから困ったもの。

「そーいったことはほかの女の子でお願いします～……ほんとに」

本気で訴えるものの、にこにことかわされて終わり。

「てか僕、部屋に入る前に盗み聞きしてたんだけど、開吏～どうしちゃったの？いつもは女の子スマートに口説いて、三秒で流れにもっていくくせに～。るーちゃん相手に手こずりすぎてて笑っちゃったよ」

「っな、～～っ、そんなこと言うなら冽さんもこいつ口説いてみてよ、絶対無理だから」

「こらこら、仮にもQUEENをこいつ呼ばわりしないの。余裕失っちゃって、開吏らしくな～い」

「うざ！　つーかこんな可愛くないモブ女端《はな》っから口説く気なかったし！」

怒りからか、顔を赤く染めた開吏くん。

この情緒の移り変わりよう、やっぱりジェットコースター。

「はは、開吏ってば、普段はきゅるんきゅるんのワンコ系弟キャラで通ってるのにね〜。台無し」

きゅるんきゅるんのワンコ系弟⁉

嘘だ。どう見ても獰猛《どうもう》でおっかない野獣系でしょ。

いやでも、千広くんの話をしているときはたしかにワンコだったな……。

がるるるると唸り声まで聞こえてきそうな状況の中、こっそりため息をつく。

見張り役が増えてしまった。QUEENってこんなに自由がないものなの？　心休まる暇がないよ。

「るーちゃん楽しくなさそうだね？」

すぐさま顔を覗き込まれてびっくり。

今屋敷冽くん、もしや心を読めるのでは。

ここで、楽しいわけなくない？などと噛みついたら、いったいどんな目に遭わされることやら。

「そんなことないです、あはは〜」

「遠慮しないでるーちゃんのやりたいこと教えてみて？　てか僕たち同い年なんだ

し。今度敬語使ったら、またアレ飲ませちゃうぞ」

なんだろうこの人。語尾に、いちいちハートマークが見える。

「ええ……特にないけど、授業受けたいかなあ」

モノは言いよう。監視されたくないのでここから出してほしいとお願いするより、授業に出たいから、と理由があったほうが聞いてもらえるかも、という作戦である。

「るーちゃんてお勉強好きなの？」

「う、うーん、まあねっ」

「教室に行ったところで授業を受けられる環境じゃないでしょうに。出席者が半数いればいいほうじゃないの？」

「そうだね、しかもまじめに座ってるのは、さらにその半数くらいだし……」

わたしのクラスに限らず、どのクラスもこんなものだと思う。

先生たちはとっくに諦めていて、注意もせず教卓で淡々と授業をする人がほとんど。

中には、生徒の自主性に任せてプリントだけを置いて職員室に戻る先生もいる。

最近見ないなあと思っていた生徒が、知らないうちに退学しているなんてのもよくあるハナシだけど、ここは入れ替わりの激しい街なので転入生としてやってくる人もかなり多いし、結果的には人数プラマイゼロ。

おかげさまで学級は崩壊寸前でも、学校はなんとか存続している。

「どうだね開吏クン、このままでも退屈だし、るーちゃんを授業に行かせてあげるのは」

「でもモブ子先輩、スカートが短すぎて着ていく度胸ないらしいですよ」

冽くんの視線が、わたしの太ももあたりに下りてきた。

「どこが？　普通じゃん」

「んな、短いよどう見ても」

「黒帝の女の子たちはみんなそんなもんでしょ～。たしかに幾分短い気もしないでもないけど～僕としてはありがたいし」

「冽くんの意見は聞いてないよお」

そして相手もわたしの意見なんか聞かず。

ぐいっと腕を引かれ。

「そらそら、行くよ～ん。るーちゃんのクラス見るの楽しみ楽しみ！」

「え、えええ～ちょっと待っ、ほんとにこのスカート無理、短い！」

「モブ子先輩のスカートの中とか誰も興味ないんで大丈夫でーす」

気づけばふたりに両脇を挟まれた状態で、部屋をあとにしていた。

時刻は十四時半を回っている。思っていたより遅い時間でびっくりした。

わたしのクラス、二年A組ではちょうど六限目の授業が始まろうとしていた。

いつもどおり、出席者は約半数。みんなスマホを片手に楽しそうに喋っていた。

……のだけど、わたしが教室の扉を開けた瞬間、クラスの空気がどよっと動いたのがわかった。

「っ、……──」

一時的に会話は止み、全視線がこちらに集まる。

正確には、わたしの右と左に立つ男の子たちに。

第一声をあげたのはヒナタちゃんだった。

「あやるん！　生きてたあ～！　もう昨日から音信不通で心配だったんだからね！」

わたしに駆け寄るヒナタちゃんに続き、女の子たちがわらわらと席を立ち始める。

「その節はどうもご心配おかけしました……ごめんね」

「あやるん、QUEENに選ばれた途端あたしのことどうでもよくなっちゃったのかと思ったあ！」

「そんな無情な」

わたしに抱きつきつつも、ヒナタちゃんの視線はすでにふたり組のほうに向いている。

クラスの女の子たちからは「冽様ほんもの⁉」「開吏くんだよね⁉」「なんで教室に⁉」などの声が次々にあがり、あっという間に周りに人壁ができた。

BLACKの幹部が教室に来ることはまずないとされているので、みんなの反応は当然だ。

いつもは旧生徒会室で暇を潰したり、黒帝会関連の〝シゴト〟で忙しくしたりしているらしい。単位をお金で買っているという噂もある。

ヒナタちゃんはさすがなもので、その人壁を押しやりながら冽くんの前に立つ。

「冽様〜〜っ！　ずっとお会いしたかったです！　あたし、あやるんの友達のヒナタです！」

「るーちゃんのお友達なの？　元気いっぱいで可愛いね」

彼がにこりと微笑んだ直後、真っ赤になったヒナタちゃんが膝から崩れ落ちたのを、

「おおっと危ないね」

スマートに支える冽くん。さすがである。

周りの女の子たちからは悲鳴にも似た奇声があがる。

すさまじい。

幹部の影響力がこれほどとは……。

ちらり、盗み見た開吏くんのほうもすごかった。

「開吏くん！　よかったらライン交換してほしいなあ」

「私も追加して！　お願い！」

と、クラスにいた女子の半数が開吏くんに寄って集っている。

「ええっ！　オレ、こんな可愛い子の連絡先もらっちゃっていいんですか？　やった～絶対連絡しますねっ」

わ、わたしに対する態度と違いすぎる……！

そこにいるのはまぎれもない、ワンコ系男子だ。

喧騒に紛れて、わたしはいそいそと自分の席についた。

これじゃあ、いつもより授業どころじゃなくなりそう。

連れて来るんじゃなかったと後悔するも、無理にでもついてこようとするので致し方なかったのである。許してほしい。

先生ごめんなさい……。

頭の中で謝ったときだった。

――キーンコーン……と古びたチャイムが鳴ったかと思えば。

「はい静粛《せいしゅく》に静粛に～！　うちのＱＵＥＥＮがちゃんと授業を聞けるように、ここからは誰ひとりとして喋んないでね？」

突然、冽くんがそんなことを言う。

「ちゃあんと自分の席について、ひとことも発しちゃだめ～。スマホはカバンの中。教科書とノートを開いて、みんなで授業の雰囲気を作ろうね？」

すると、なんということか。

とまどいつつも、みんなおとなしく席につき始めるではないか。

「BLACKの命に逆らった人は……わかるよね。かつての生徒会と同じ目に、遭いたくないでしょ？」

洌くんが最後に笑顔の圧をかければ、さっきまでの騒がしさが嘘のように静まり返る。

ええ。嘘でしょ、ええ……？

息をすることすら憚《はばか》られる状況になってしまった。

「おお、ラッキ〜。るーちゃんの両サイドの席空いてるじゃあん。僕が左で、開吏クンが右ね〜」

「おけでーす」

当たり前のように隣に座ったふたりに、もはや開いた口がふさがらない。

チャイムから数分後。

遅れてやってきた先生は、これでもかというほどにびっくりしていて、目を何度もぱちぱちさせていた。

黒帝に来て、初めての平和な五十分間。

終業のチャイムが鳴る頃には、先生はうっすら涙を浮かべていた。

「どういう心境の変化かわからないですが……みなさんが私の授業を真剣に聞いてくれてとても嬉しかったです。どうせ誰もまじめに受けないのに、夜中に授業の準備をしているとつらくて……正直もう辞めようとも思っていました。だけど、みなさんのおかげで思い直すことができました」

思わぬ言葉に、胸の奥がぎゅっと狭くなる。

「黒帝の生徒さんは世間から見れば、問題児なのかもしれませんが、みなさん自由で個性が光る子たちだと思っています。元気な姿を見るだけで教師をしていてよかったと思えます。周りになんと言われようが、あなたたちは落ちこぼれなんかでは決してないので……ええと、明日も元気に登校してください。それだけで嬉しいです」

いきなりまとまりもなくすみません、と先生が頭をさげる。

誰もなにも言わなかったけれど、笑ったりバカにしたりするような人もいなかった。

「僕たちとっくに見放されてると思ってたけど、まだあんなに想ってくれてる先生もいるんだね～。……あ、みんなもう喋っていいよ？」

先生が教室を出たあと、冽くんが伸びをしながら席を立った。

「今からお楽しみの時間なので、うちのQUEENは連れて帰りま～す。終礼は欠席ね」

呑気《のんき》にピースサインをしながら、座っていたわたしの腕をひっぱりあげる冽くん。

続いて開吏くんも立ち上がった。

「お邪魔しました先輩方。あ、そうそう。今日は夕方から雷雨らしいので、早めに帰ったほうがいいですよ？」

ワンコモードで華麗にウインク。女の子たちがきゃあっと騒ぐ。

窓に目をやると、空は分厚い雲で覆われていた。

「ほら、行きますよモブ子先輩」

「ぐえ、待って。まだヒナタちゃんと話したいことが～……」

「もうすぐ千広さんも帰ってくる時間なのでだめです。KINGの帰りをお迎えするのもQUEENの仕事なんですよ」

ええっ、それ初耳だよ……。

無理やり連行されるわたしに、ヒナタちゃんがぶんぶんと手を大きく振ってくれた。

「あやるーん！　夜またラインするね！　ていうか洌様ほんとに素敵でした！　気が向いたらまたA組に来てくださいっ」

「うん、またね〜ヒナタちゃん」

「きゃあああ名前っ、嬉しいです!!」

……なんか、冽くんにヒナタちゃんを取られた気分。

バレないようにこっそり睨んでみる。

だけど、今日ちゃんと授業を受けられたのは、冽くんのおかげだよね。

「冽くんあの、ありがとう。おかげさまで静かに授業を聞けました」

「ふふ、QUEENの要望には全力で応えるよ？　夜に楽しませてもらうんだから、その対価ってやつだよね〜」

うっ。やっぱり見返りありきなんだ。

そうだよね、メリットなしにBLACKの幹部様が動くわけない。

夜のことを想像して、すうっと気分が落ちていく。

幹部を楽しませるのがQUEENの仕事だって昨日から言われてるけど、ほんとに無理だよ、経験値的に。

まさかまた、あのカプセルを飲まされるんじゃ……。

嫌な予感がしたのと、幹部の部屋に着いたのと、

——ピカッ。

空が光ったのは、ほぼ同時だった。

間髪をいれずに、ドドーン！と轟音が響く。

ぽつぽつと雫が落ちてきたかと思えば、すぐに大粒の雨が降り始めた。

「わ〜びっくりしたね、今の雷っ！」

ふたりにそう言いながら、早いとこ中に入ろうと扉に手をかける。

開くと、誰もいなかったはずの部屋に灯りがついていた。

え？と見渡した直後、どきん！と心臓が跳ねた。

黒ソファに座る人影。

相手と目が合った。

「ち、千広くん……」

「千広さん戻られてたんですね！　お帰りなさい！　お疲れ様でした!!」

どん！とわたしを押しのけて、開吏くんが駆け寄っていく。

千広くん過激派、やっぱりすごい。

なんとなく微笑ましく思い見守っていると、またドドーン！と雷が鳴った。

わあ、激しい!!　久しぶりに強い嵐かも……！

「うを～さっきより近いね」

のんびりと言いながら、冽くんがわたしの肩を抱く。

「るーちゃんは僕が守ってあげるから大丈夫～」

肩を抱かれたことで一旦フリーズしたわたし、の、返事より先に聞こえたのは、千広くんが鼻で笑う声だった。

「心配いらねえよ。あやるは雷鳴るとテンションあがるタイプ」

かあっと熱くなる。

みんなの前でそんな！　ていうか、なんで覚えてるの～っ。

「あっは、るーちゃん雷好きなんだ」

「やっべつに好きじゃ、」

「嘘つけ好きだろ」

千広くんが遮るように口を挟む。

「さっきから目ぎらついてんぞ」

ぎら……っ⁉

そんな、野獣みたいな。

両手で顔を覆う。

だってしょうがないじゃん！

お昼に空が急に暗くなって、稲妻と雷鳴に支配されるあの不気味な感じ。

映画とかで見る世界の終末みたいで、なんかどきどきするんだもん……。

「天気予報じゃ、明け方にかけて強い雨。降水量は一時間に八十ミリを超えるらしいですよー」

スマホを見た開吏くんが教えてくれた。

八十ミリは恐ろしいなあ。降り続けたら災害レベル。

「ねえ～それより絹クンは？　まだ来てないの？」

冽くんがきょろきょろと部屋を見渡したときだった。

突然、扉がバン！と開いたかと思えば、ひとりの男の子が転がる勢いで飛び込んできた。

「っはあー……参ったー死ぬかと思った」

雨水を滴らせながら現れたのは――ＢＬＡＣＫ ＫＩＮＧＤＯＭ、伍《ご》ノ席ＡＣＥ伊織絹くん。

「濡れてる絹クンえろ〜い。抱いて〜」

ふざけて抱きつく冽くんを適当にかわしながら、彼はこちらにやって来る。

「よぉ、お姫サマ元気？」

「はあ、どうも」

ただ返事をしただけなのに、絹くんは「肝据わってんねえ」と目を細めた。

そう言われる理由がよくわからなかったので、再度曖昧にうなずいておく。

「肝据わってんじゃなくて、モブ子先輩は馴れ馴れしいだけですよー」

開吏くんが余計な口を挟んでくるけれど、我慢我慢。

「いくらるーちゃんが人懐っこいとはいえ、絹クンに物怖じしない女の子は珍しいよ」

「ものおじ？」

「絹クンて髪色派手だしピアスばちばちだし……あと色々、全体的に不穏なオーラあるじゃ～ん？」

そう言われて改めて見てみると頭は紫のウルフヘアー、右耳と左耳は眩しいくらいにきらきらで、捲られた袖口から覗く肌には――黒い花の模様が。

「わお、絹クンのソレなんの花？」

「百合だよ。……黒百合」

「へぇえ、なんか意味とかあるの？」

「さあ。どうでしょーね？」

と、相手は意味深に笑う。

「絹クンは背中もすごいよ～見てみる？」

彼の制服を捲りあげようとした冽くんを華麗にかわした絹くん。

「おれは安売りはしてねぇの。……そうだな、安斉サンがおれを指名したら見せてやるよ」

「指名？」

いったいなんの話？と首を傾げたところで、誰かのスマホが鳴った。

どうやら千広くんのだったらしく、ひとり席を立って隣の部屋へ行ってしまう。

鳴ってからすぐ反応してたけど、誰からの電話だったんだろう。

もしかして……彼女、とか？

「モブ子先輩」

声がかかり、はっと我を取り戻した。

「メンバー揃ったし早いとこやっちゃいましょ」

「え？ やるってなにを？」

「だからあ！ 今夜の相手の指名ですよ、オレたちの中から誰かを選べってことです」

ぽかんとしていると、冽くんが説明をつけ足してくれた。

「夜のお楽しみはＱＵＥＥＮにも相手を選ぶ権利があるから、お好みの男を指名していいよってこと」

「？ ええと、」

「だってるーちゃん経験ナイとか言うし？ イレギュラーすぎてびっくりだけど、まあかわいそうだし、初めての相手くらいは選ばせてあげる～」

ヨルノオタノシミ、ハジメテノアイテ。

反芻《はんすう》して、意味を改めて理解する。

やっぱりこの運命からは逃れられないのか……。

「ちなみに王道人気は冽さんですよ。男のオレから見ても女の子の扱い超～うまいです」

「え～嬉しいなあ。開吏クンも可愛い顔してかなり攻めるタイプだから、お姉様方に大人気だよね」

でも一番はやっぱり……、とふたりの声が重なった。

「絹さんですよね」

「絹クンだよね」

自然と彼に視線が向く。

絹くんってさっき、女の子たちから怖がられてるとか言われてなかったっけ？

「一番人気って言うより、一番〝沼〟な男だよね～。初めはみんな怖がるけど、絹クンは、この危うさこそが魅力というか」

「絹さんは、はっきり言ってただのどクズなんですけど、お堅い女ほどなぜか絹さ

い。
こんなことを言うのは失礼だけど、絹くんが見るからにクズそうなのは間違いな
だけどおかしなことに、むしろ最低な人間であることが似合うというか、周りを
惹きつける妖しい引力が潜んでいるように思う。
「んま、そんで誰を選びますかってハナシなんですけど～。モブ子先輩？」
「んん……ん、今すぐ決めなきゃだめ？」
返事はない。
お三方とも、無言の圧で選択を迫ってくる。
椎名開吏くん。
わたしのこと嫌いみたいだし、逆に申し訳なさすぎて指名なんてできっこない。
今屋敷洌くん。
ヒナタちゃんの好きな人（？）だから、論外。
伊織絹くん。
残ったのはこの人しかいない……けど。

「そんな難しい顔して悩まなくていーんだって。どう思われるかじゃなくて、自分がどう思うかが大事だろ。ちゃんと自分の気持ちで選べよ」

見透かしたように絹くんが言う。

自分の気持ちに正直に……。

うつむいてじっと考えていれば、痺れを切らしたのか、開吏くんが盛大なため息を吐きながら一歩わたしに近づいてきた。

「うじうじ悩まないでくださいよー、陰気くさいなあ。モブでもQUEENなっちゃったんだから、もうちょっと華やかに振る舞うとかできないんです?」

「ええと、ごめんね。華やかとはかけ離れてて」

「オレが言ってんのは意識の問題ですって。顔はいじりようなくても、たとえばこの、なっがい前髪。上げたら、ちょっとはマシになるんじゃ……」

すっと手が伸びてくる。

わたしの前髪に触れて、さらっと横に流してみせた——ところで、ふと開吏くんの手が止まった。

「っ……」

いったん手を離したかと思えば、またすぐに同じように髪に触れて、横に流す。

心なしかクリアになった視界の中で、開吏くんの瞳孔がゆっくり開いていくのがわかった。

「？」

「ふふ、開吏クンも気づいちゃった？」

開吏くんとわたしの間に冽くんがわりこんできた。

「るーちゃんって普通に可愛いよねぇ、開吏クン」

「か、可愛くはねー……し、ほんと、思ったよりマシってだけで……」

最後まで言い切らず、ぱっとわたしから離れていく。

順番待ちをしていたかのように、次は絹くんが急に距離を縮めてきた。

「飛び抜けて美人なわけでも可愛いってわけでもねえけど……おれ的に超イケる」

「つぐ、近いです……」

「おれを指名しな？　優しくしてやるよ」

「ええ、そんな急には」

指名する、しない以前に、異性と密着した経験がほとんどないせいで返事を考える余裕もなく。

たじたじの状態で、胸板を押し返すのが精一杯。

「てかモブ子先輩。なんで前髪そんなに伸ばしてるんですか」

少し離れた場所から、どうしてかキレ気味に開吏くんが尋ねてくる。

「……あ。き、切るの面倒くさくて……。でもアイロンで巻いたらいい感じの長さになるので、まっいっかな～？と」

自分から聞いたくせに「あっそ」と言ってそっぽを向いてしまった。

「それよりるーちゃん、早いとこ相手を指名しちゃおうよ～」

「ほら早く言えって。誰選んでも怒らねえから」

ふわふわミルクブラウンと紫ウルフの派手派手なふたりに両脇を挟まれて、もう逃げることはできないと悟る。

そんなうちにも、雷はドドーン！　バリバリバリ！と勢いを増していく。

わたしの初めての相手……。

自分の気持ちに正直に……。

「こんな激しい嵐だったら、いくら声を出しても大丈夫だね～」

なんて、冽くんが笑う一方で、わたしは真剣に頭を回転させていた。

絶対無理、だと思うけど……。

相手にどう思われるかじゃなくて、自分の気持ちに素直にって、絹くんも言ってくれたから……。

「あ、あのわたし……千広くんが、いい、です」

直後。ピカッ、ドドーンと雷鳴が響き。

のちに、部屋に妙な沈黙が流れた。

もしかして聞こえなかった？

三人の視線をいっきに受けながら、拳をぎゅっと握る。

「だからその、相手は千広くんが、」

「大丈夫、聞こえてた聞こえてた」

絹くんがにやりと返事をする。

「結論から言うと無理だな」

「で、ですよね」

「今までも近づこうとする女はいたけど、うちの千広くんは見向きもしないどころか」

絹くんの話を遮るように、部屋の扉が開いた。

現れたのはほかでもない千広くん。

電話終わったんだ。

どっ、どうしよう！　よりにもよってこんなタイミングで。

視界がぐるぐるしてくる。

「お前らなんの話してんの」

「えっとね〜！　るーちゃんが初めての相手は千広クンがいいって言うから〜」

「洌くん‼」

なにやら楽しげな洌くんを慌てて止めるも間に合わない。

ああ、もうだめだ。身の程知らずのバカだって罵《ののし》られて終わりだ。

ちょっと考えればわかることだったのに。

——自分の気持ちなんて、大事にしてもやっぱり意味ないよ。

目頭がじわっと熱くなる。

滲む涙に気づかれないようにうつむいた。

ほらね、たとえばこういうとき、前髪が長いと助かるんだもん……。

「へえ。そんで？」

「もちろん無理だって言いましたよー、絹くんが。ＫＩＮＧを指名するとかわがまますぎだし、大した度胸ですよね」

ううぅ、開吏くん。お願いだから傷口をえぐらないでほしい。

恥ずかしい、消えたい埋まりたい……っ。

雷の中だって構わない。

この部屋を飛び出そうかと本気で思ったときだった。

「あやる」

背後から千広くんの声が飛んでくる。

びくっとした。

いったいどんな辛辣な言葉を浴びせられるんだろうと。

だけど、続いて聞こえてきたのは。

「俺の部屋来るか」

予想よりもずっと優しい声だった。

周りが息をのむ気配がして、わたしはその場から張りついたみたいに動けない。

千広くんは面倒くさがるでもなく、静かに近づいてくると、わたしの肩をそっと抱いて。

「お前昔から神経太いよな」

小さく笑いながら、耳元で囁いた。

びっくりして硬直しきってたはずなのに、千広くんに腕を引かれれば自然と足が動く。

どこ、行くんだろ、さっき「俺の部屋来るか」って聞かれた気がするけど。

ほ……本当に？

身の程知らずなわがままを言ったのに怒らないの？

それとも怒ったから、制裁を加えようと部屋に誘ったの？

バクン、バクン。

緊張ととまどいでめまいさえした。

「ちょ……っと待ってくださいよ千広さん。本気ですか⁉　いくら中学同じクラスだったからって、」

「開吏クン、し━っ。ＫＩＮＧの行動に、口出しは厳禁だよ」
開吏くんをたしなめたあと、冽くんは「あ、そうだ」となにか思い出したように
こちらを見て。
「はい千広クン。これ頼まれてた薬。二錠飲んでね。丹精込めてつくったんだ、〝傷〟
によく効くように」
千広くんは少し間をおいて、悪いな、とつぶやいた。
小さな紙袋を受け取った千広くんの表情が、一瞬だけ、切なく歪んだように見え
た。

刻印

千広くんの部屋、とは?

……と思っていたけれど、家に帰るという意味じゃなく、同じ建物内にある幹部
それぞれの部屋のことだった。

縦並びの間取りになっている廊下の突き当り。

立派なもので、扉には黒地に金文字で『KING』と彫られている。

千広くんがカードをかざすと、重たそうな扉が音もなく開き。

「入れ」と視線で促され、操られるように従った。

「お前その格好で授業行ったの」

「……、え」

背後で扉の閉まる気配がした。

周りから遮断された空間は嫌というほど静かで、ふたりきりだという状況を過剰に意識させてくる。

「その、ナカ見えそうな格好で出歩いたのかって聞いたんだよ」

な……に、いきなり。

怒っているようには聞こえなかった。

でもわからない。千広くんは昔から、感情のこもらない喋り方をするのだ。

「うん……えっ、だってこれは、千広くんがわたしに無理やり着せた……から、」

「来週も行くのか」

「え、どこに」

「授業受けに」

そういえば、今日は金曜だった。

「そりゃあ、まあ」

焦らすようにゆっくり下りていく千広くんの視線が、スカートの裾のところでピタリと止まった。

見られている部分に熱が生まれる。

なんでそこを、じっと見るの……っ？

そわそわ、落ち着かなくなってつい太ももを擦り合わせそうになる。

「っあ、あの千広くん？」

「授業出てもいいけど……気をつけろよ。歩き方とか、お前、なんか危なっかしー」

「？　歩き方？　あぶなっかしい、とは」

「階段勢いよく駆けあがったりとか、前よくしてたろ。あと、机に身を乗り出して前の奴と喋ったりとか」

そ、そうだったっけ。

そうだったかもしれないけど、なんで覚えてるの……！

うっ、でもそうだよね。

気高き黒帝のＱＵＥＥＮは階段を勢いよく駆けあがったりとか、はしゃいで机に身を乗り出したりとかしないよね。

気をつけよう。

「ごめんね、品のない行動はしないようにするね。ええと、ＱＵＥＥＮとして、幹部の方の恥にならないようにがんばります」

言葉を選んでまじめに返答したつもりなのに、あろうことか鼻で笑われた。

ええ～……。

少し恥ずかしくなっていると。

千広くんが突然、部屋のソファを指さして。

「そこ座れよ」

「え、はい……？」

「いーから早く」

「わ！」

肩を軽く押され、あっけなくソファに沈む。

少し屈んだ千広くんと目が合った。

――かと思えば、わたしの片方の太ももを、ぐいっと持ち上げるから。

「――ひゃあ⁉」

どっ……と跳ねる心臓。

そんなことしたら見えちゃう……。

「やっ……千広く……」

隠そうとした手はあっさり払われ、抵抗むなしくされるがまま。

捲れたスカート。はしたなく開かせられた脚の間に、千広くんが顔を埋めてくる。

「〜〜っ⁉」

羞恥にまみれてめまいがした。

「言葉だけじゃ信用できねーよ」

「っあ、」

「授業に出るのは許してやる。その代わり、ほかの男に見られないように気をつけろ」

太ももの内側に小さな痛み。

千広くんの唇が、そこに触れている。

認識した途端、体の芯が燃えるように熱くなる。

離れたかと思えば、まだ足りないというように押しつけてきて……。

やわく噛んだあと、ちゅ……と強く吸い上げられた。

「つうぅ……」

痛くて熱くて……くらくらする。

たまらなく恥ずかしいのに、千広くんの熱が直に伝わって、体が甘く震えてしまう。

言葉になりきれない声が吐息と一緒に零れると、じんわり涙が浮かんできた。

するとそれに気づいたのか、わずかに顔をあげた千広くんが、ぴたりと動きを止めて。

「……──」

一秒、二秒、三秒。しばらく見つめたあと、バツが悪そうに視線を泳がせる。

スカートの乱れた裾を直し、千広くんはゆっくりと立ち上がった。

「嫌だったな。……もうやんねーよ」

ぽん、ぽん、と。

わたしの頭を優しく撫でてから離れていく。

「っ、……」

まるで子ども扱いなのに、おかしいくらいにどきどきして苦しい。

ていうか違うのに。

涙が出たのは嫌だったんじゃなくて、恥ずかしかったから……。

「行……」

　行かないで、と。言葉にこそならなかったものの、服を掴んで引き止めてしまった。

「なんだ」

「……………」

　ええと、まずい。

　わたし、後先なんにも考えてない。

「……あやる？」

「あ……そうだあの、ごめんなさい。相手は千広くんがいいとか、勝手なこと言って」

　服の裾からそっと手を離す。

　反応を見るのが怖いからうつむいて返事を待っていると、千広くんがわたしに向き直る気配がした。

「俺を使えば、昨日みたく誰にも手出されずに済むと思ったんだろ」

「え？」

「お前って賢いな」

なんと返すのが正解か、瞬時に頭が回らない。

千広くんは、わたしが自分の身を守るために千広くんを利用したと思ってるの？

事実助かっているわけだから、結果として間違いではないのだけど、わたしが千広くんの名前を出したのは、QUEENの使命から逃れようとしたからじゃなくて。

――初めては、大事にしたかったから、なのに。

だけど、こんなこと本人に言えるわけない。

そもそも千広くんは、わたしのことを「とっくに経験済み」だと本気で思っているんだから。

「……ちが、昨日のよる、わたし……ほんとは、」

そのときに言うべきだったんだけど、わたし、本当は経験がなくて。

だから、初めては、千広くんがいい……。

そう言いたいのに、涙のせいで思考回路も文脈もぐちゃぐちゃになる。

こんなの伝わるわけがない。

「昨日の夜、ねえ」

千広くんが、ソファの上、わたしの隣に静かに腰を下ろした。

「最後まではしてねーよ。キスも……唇はちゃんと外してやったから心配するな」

一日中ずっと気になって仕方がなかった事の真相をあっさり告げられ、よくわからない感情に陥る。

わたしを安心させるための言葉だったのに、心がすうっと冷えていく感じがした。

――よく考えれば当然のこと。

ほかの幹部の人も言っていたように、松葉千広くんが、くじ引きで選ばれたQUEENごときを相手にするわけがない。

例えどれだけ近くにいようと変わらない。千広くんは誰も手が届かない、気高き黒帝のKINGなのだ。

やっぱり、千広くんと一緒にいたくない。

隣の席だった中学時代のよしみで仕方なく連れ出してくれたのだろうけど、わたしみたいなのがそばにいるべきじゃないし。

……というのは、言い訳のひとつにすぎなくて。

これ以上、〝あのとき〟みたいに傷つきたくないから――。

「わがまま言ってごめんなさい。明日からはもう千広くんに迷惑かけない、ちゃんとQUEENのしごと、みたいなのする……」

「しなくていい。お前には向いてない」

「っ、なにそれ」

「〝好きな人以外とは絶対しない〟って、中学のとき言ってただろ」

だからなんで、そんなこと覚えてるの？

千広くんには関係ないことのはずなのに。

「か、考えとか二年も経てば変わるし」

「へえ。じゃあどんな考えになったのか教えろよ」

「……う、ええと」

「好きじゃなくてもできるんだな」

「う、ん……」

「男に求められるまま差し出して、都合よく使われ飽きたら捨てられる。それでいいと思うようになったんだな」

「……うん、それでいいと、おもいます」

いつもより幾分冷めた口調に聞こえる。

責められることより、胸の内を見透かされそうなことのほうが怖い。

「あのな、」

静かな声が落ちてきて、肩がびくりと震えた。

「そんな震えた声で言われても説得力ねえよ」

「うそじゃない、よ、」

逸らしたくなるのを我慢して、黒い瞳を見つめる。

「わたしだってもう高校生だし！　……色々、興味、ある……」

千広くんを説得するために勢いで出てきたセリフに「あ……」と、ワンテンポ遅れて赤面する。

だけど、負けじともうひと押し。

「ヒナタちゃんとかわたしの友達もみんないっぱい経験してるし……絹くんでも列くんでも開吏くんでも、誰でもい……」

本心を悟られないようにじっと耐えていれば、千広くんのほうが先に瞼《まぶた》を伏せた。

「……──、」

小さくつぶやかれた言葉は聞き取れず。

「……なに？」

聞き返せば「いや」と乾いた笑いが返ってきた。

「悪かったな。QUEENの欲求不満に気づいてやれなくて」

浮き沈みのない声からは感情が読み取れない。冗談とも取れず、固まってしまう。

「いつから……なんで、そんな安い考えの女になったんだ」

「っ……」

「好きな男と別れたからか？」

直後、ぐらりとめまいがした。

わたしを動揺させるには十分すぎたその言葉。

思い出したくない記憶を、嫌でも呼び起こす。

『お前みたいな女、心の底から軽蔑する』

別れた相手の言葉がよみがえる。

指先が一瞬で冷たくなっていく。

もうどうでもいい、なんとも思わない。きっと大丈夫だ、と。

昨日、千広くんと再会したとき最初はそう思った。

だけど、やっぱり、ふたりでいると抑えられなくなる。

趣味を見つけて没頭するふりをした。

苦手な合コンにも参加してみたり、少しかっこいいなと思う人のことを好きだと思い込んでみたり。

でも……わたしが長い時間をかけてようやく手放した気持ちを、千広くんは一瞬でもとに戻してしまう。

会いたくなかった。

わたしがどれだけ苦しかったか。どんな思いで千広くんを忘れようとしたか、この人は知らないのだ。

『最低だな』

わたしが元彼と別れたのは。

千広くんのことを好きになってしまったから、だということも。

「仰るとおりわたしは安い女だから、っ、その……」

好きな気持ちは、言えないと気づいた瞬間、涙に変わってしまう。

言葉を続けようとしても声が震えてもう無理だった。

これ以上泣いたら絶対面倒くさいと思われるよね。

ＱＵＥＥＮなんだから、ＫＩＮＧに迷惑かけないようにしなきゃいけないのに。

この部屋にはもういたくない……。

おもむろに腰をあげようとしたときだった。

「誰でもいいとかやめろ。お前は安い女じゃねぇから言ってるんだ。……似合わねぇよ」

わたしの肩に、うなだれるようにして頭を乗せた千広くんが、低くかすれた声でつぶやいたのは。

あまりの驚きに息を止めたまましばらく動けず。

「興味あるなら俺が教えてやる、」

耳元で響くから……くらくら、して。

「気持ちよくなりたいだけなら俺でもいいだろ」

……なにそれ。

どういう意図なの、からかってるの、冗談なの？

はなはだしい自惚《うぬぼ》れなのは承知で、それでも「そばにいろ」と言われている気がした。

千広くんはわたしを、性的なことにいっぱい興味があって挙げ句の果て誰でもいいとか言っちゃう、男好きの尻軽、な女だって思ったかもしれないけど。

千広くんが嫌々じゃなくそばに置いてくれるならもうどう思われていても、とりあえずはいいやと思ってしまう。

わたしはおかしいんだと思う。

千広くんを好きな気持ちがわたしをおかしくさせている。

「ほかの男のところには行くな」

「…………」

「あやる、返事しろ」

千広くんは相変わらずわたしの肩にもたれかかったままで、表情は見えなかった。

現実味がなさすぎて、ほのかなムスクの香りに実は麻薬でも仕込まれているんじゃないかと。夢か幻覚か。どちらかなんじゃないかと。

だけど、手探りでわたしの指先を探し当てた千広くんが、そのままぎゅう……っと握りしめてくるから。

伝わる熱が、これは現実だと教えてくれる。

心臓が痛いくらいに早鐘を打っている。

外では雷が絶えず響いているのに、どんなに大きな音が鳴ろうとわたしの意識は千広くんにしか向かなくなってしまった。

触れていた手を、気づいたら握り返していて。

——熱い……。

特に千広くんに触れている部分が熱い。

最初はわたしだけだと思った。ひとりで体を熱くさせて、ばかみたいに意識して恥ずかしいと思った。

だけどわたしだけじゃない。

火傷するんじゃないかと——そう、少し、異常なくらい……。

「っ、ねえ千広くん」

「……ん」

「もしかして熱、ある……？」

「…………」

わたしの肩に預けたまま、体を起こさない。

わざと無視してるわけじゃなく、ぐったりして反応ができない、みたいな……。

どうしよう！

たぶん、すごい高熱……っ。

「千広くん！」

「……なんだ」

喋るな、というように抱きしめられた。

だけど力が入らなくなったのか、そのままこちらに倒れ込んでくるから、慌てて抱きとめるしかなく。

「千広くんどうしたの、きついのっ？」

「………」

反応が鈍い。

どうしよう!

わたしひとりじゃどうしていいかわからない。

さあっと血液が引いていく。

そういえばさっき、千広くんが冽くんにもらってた薬、なんか関係あるのかな?

そう思ったときだった。

——プルルルル。

部屋のどこからか電子音が聞こえてきて、びくりとする。

スマホからじゃない。カラオケで、残り時間を知らせるときにかかってくる内線みたいな……。

部屋を見渡すと、後ろの壁に固定されている電話機がピカピカ光っていた。

KINGの部屋にかかってくるってことは、幹部の誰かかな?

千広くんの腕からなんとか抜け出て、おそるおそる受話器を手に取った。

「もし、もし」

『お、るーちゃん～。お熱い展開のところ邪魔しちゃって本当にごめんね？』

お熱いところ⁉

なんて、つい動揺してしまうけれど、今はそれどころじゃなくて。

お熱いのは千広くんの体……！

『千広クンに仕事で伝言があったんだけど。……それよりさ、みんなで話してたんだけど、千広クンてさ、るーちゃんとふたりのときってどんな感じなの～？』

「う、えあ、あのね冽くん、千広くん高熱があってつらそうで！　とりあえず来てくれたらうれしいんだけどっ」

『千広クンが？　わあまじか。無理するなって言ってたのに……』

ぼそりと低い声が落とされる。

〝無理するな〟……？

『わかった。今から行くよ。るーちゃんもそこで待ってて』

そうしてプツリと通話は途切れた。
二、三分ほどで部屋のインターホンが鳴り。
扉へ向かおうとすれば、手首を掴まれる。

「どこ行くんだ」

「冽くんを呼んだんだよ、千広くんつらそうだから……」

「いい。中には入れるな」

「う、でも」

ためらいつつも、やんわり振り払った。あっさり離れていった体温に、不安が募る。

わたしを掴む手にすら力が入ってなかった……。

「いきなりごめん、冽くん。来てくれてありがとう……」

「んーん。僕も千広クンのこと、初めからちょっと心配だったんだよね」

「初めから？　千広くん、もしかして今日最初からずっと具合悪かったの？」

「いや、なんていうか……」

冽くんは一旦言葉を切った。

返事のないまま、ふたりでソファのある部屋へ向かう。

「千広クン、さっき僕が渡した薬ちゃんと飲んだ？」

「……いや」

「ねえ〜もう。なんでいつもすぐ飲まないの？　痛いと眠れないし、悪循環でしょ」

痛いってなに？

千広くんはどこか悪いの……？

気になって仕方がないのに、わたしが口を挟めるような空気じゃなく、少し離れた位置からふたりを見つめることしかできなかった。

「ねえ、るーちゃん。紙袋がキッチンそばのテーブルにあるらしいから、取って来てもらってもいい？」

「っ、うん、わかった」

冽くんが千広くんに渡してた、薬が入った紙袋のことだよね……。

どこだろうと、探す手間もいらなかった。

物という物がほとんどない空間にぽつりと置かれていたそれを持って、急いで部屋に戻る。

「ありがとるーちゃん。ほら千広クン。これと、あと解熱剤も持ってきたから一緒に飲んで」

「………」

「今日は〝嫌だ〟はナシだからね。るーちゃんの顔見てみて。さっきから心配で泣きそうになってる」

うっすらと開いた瞳がわたしを捉えた。

「……大げさだな」

小さくつぶやいて、体を起こした千広くん。

紙袋から中身を取り出してため息をつく。

どうやら飲んでくれるらしい。

「三錠もいらねえ……」

「それぞれ違う効果のやつだから全部飲んで。解熱剤と鎮痛剤。あと、その薬で粘膜が荒れるのを防ぐための薬」

冽くんがペットボトルを押しつける。

千広くんは黙って受け取った。

こうして見ていると〝普通の友達〟に見える。

BLACKとか幹部とか、よくわからない組織内の繋がりじゃなく、ただの仲が良い高校生同士に。

中学生の頃は、幼なじみの黒土絢人くん以外の人と一定の距離を保っているように見えていた千広くん。

それは今も変わらないと思っていたけれど……。

「うわ、待って。僕やらかしたかも」

突然、洌くんが声をあげた。

「千広クン、今薬飲んだよね」

「ああ」

「全部飲んじゃった？」

「……ああ。お前が全部飲めって言ったんだろ」

沈黙が訪れた。

洌くんの顔が、若干ひきつって見えるのは気のせいか。

「僕がさっき解熱剤って言って渡したやつ、アレ解熱剤じゃない……。昨日るーちゃんが飲んだ薬だ」

「な！　ええっ⁉」

叫んだのは千広くんではなくわたし。

だってわたしが昨日飲まされたのは、俗に言う「惚れ薬」みたいな……。

そんなファンタジーチックなものが本当に存在するのか、そこは疑問だけど、間違いなく体に強い作用を与えるモノだった。

体が火照って、疼いて、目の前の相手に触れてほしくて仕方がなくなる。

どうやっても抗えない……アレを。

千広くんが飲んじゃったなんて。

「るーちゃんから聞いて、左のポケットに慌てて解熱剤突っ込んできたんだよね。でも千広クンには、うっかり右に入ってたカプセルを出しちゃって」

「それが、昨日わたしが飲ませられたものと同じ……ってこと?」

そんな。薬を飲んだあとは、千広くんが触れてくれるまで気がおかしくなるくらい苦しかった。

ただでさえ強い作用なのに、そんなのが熱がある千広くんの体に入ったら……。

「ええと……ないの? アレ、解毒剤とか」

「ない。娯楽のためだけに作ったブツだからねえ……。水をいっぱい飲んでください、くらいしか言えないかも」

わたしの場合、水を飲んでも全然収まらなかったけど、大丈夫なのかな……。

心配するわたしたちをよそに、当人は、長いため息をひとつ零して。

「この手の薬なら俺は自制できる。もういいから部屋に戻れ」

千広くんの言うことは、絶対。

なにか言いたそうにしていた冽くんも、結局は黙って部屋を出て行ってしまった。

わたしはどうしたら……。

おずおず視線を向ければ、「お前はここにいろ」と小さな声が聞こえた。

千広くんは、再びわたしをソファに座らせた。

距離が近いと会話の受け答えすらままならなくなりそうで本当は嫌だったのだけど、やはり、千広くんの言うことは絶対なので体が勝手に従ってしまう。

会話は特になかった。

千広くんは隣でぐったりしているだけ。

目を閉じているから眠っているのかと思い、そっと離れようとすれば、弱い力で引き止められる。

会話がなければ近くても平気かと思ったけれど、そんなことは全然なかった。

中学の頃と同じ感覚がよみがえる。

そうだった。好きな人はそばにいるだけで心臓にわるいのだ。

そばにいて、というように甘えてくるのは、きっと熱のせい。

普段の千広くんなら、こんなことはありえない。

「千広くん、体、どこが痛いの……？」

そっと尋ねてみた。

「あの、その、冽くんが鎮痛剤とか言ってたから気になって……」

「……肋骨《ろっこつ》」

「え？」

「この前、何本か折れて、何本かヒビ入った」

「折れたって……え、それ大丈夫？じゃ、なくない？」

ていうか、肋骨ってどうやったら、いったいなにをしたら折れるの？

昨日も今日も特に痛がっているようには見えなかったけど、千広くんは感情を顔に出さないタイプだからわからない。

大丈夫か、大丈夫じゃないのか。返事がないのは喋りたくないのか、喋れないくらいつらいのか。

「なんかしてほしいこととかない？　なんでも言ってね」

無視されるだろうなと思いながらも勇気を出した。

「へえ。なんでも、ねえ」

「っ」

「軽々しく言うことじゃねーな……」

「わ、わたしにできることならという意味です」

くすりと笑う気配がした。

反射的に縮こまる。

うっ……でしゃばりすぎたかも。

「千広くん怒った？」

「は……？」

ソファにもたれた状態から、ほんの少し起きあがる相手。

距離を詰められると勝手に腰が引けてしまうけれど、ソファの上では逃げ場なんてなく。

「お前さ、この前からちょくちょくソレ聞いてくるけど。なんでそう思うんだ」

「う……だって」

開吏くんが言ってたから……。

「千広くんが笑うのは、キレてるときだって聞いたんだもん」

「……──」

「お、怒った？」

「怒ってたらこんな近くにいねえよ」

「っ！」

ソファにもたれればいいのに、また、わたしに身を預けてくる。

こっちがどれだけどきどきしているか、知りもしないで……。

本当に、もたない、心臓。

千広くんも千広くんで、熱のせいですごく苦しそうだし。

「あのね、ソファじゃなくてベッド行こ……千広くん」

そっちのほうがゆっくり休めるよね？　っていう意味で言ったんだけど。

「はあ……。俺がこんなになってるときに、なにえろいこと考えてんの」

「っえ、ちが！　体を休めるにはソファよりベッドがいいと思って……っ」

「えろいことできるなら、相手は誰でもいいとか言ってたのにか」

「そ、そこまでは言ってない！　し、あれはそういう意味じゃなくて、」

「うるせえな。それ以上騒ぐなら口塞ぐぞ」

「っあ、うう……それは、困る」

さっと身を引く。

千広くんにとっては黙らせる手段でしかなくても、わたしにとっては好きな人とのキスになってしまうから一大事なのだ。

ファーストキスを大事にとってきたからこそ、相手が千広くんだからこそ、気持ちのない行為で初めてを済ませるのはどうしても嫌で……。

「もう騒がないので、ちゃんとベッドで休んで、お願い……」

せめて、本気で心配していることだけでも伝わってほしい。

そう思ってそっと腕を引くと、思いのほか素直に立ち上がってくれた。

さすがは黒帝ＫＩＮＧの部屋。ベッドのサイズも段違いだった。

「お城みたい……」

そう、つぶやいたのとほぼ同時。

「ひえ⁉」

ベッドに腰を下ろした千広くんに、ぐいっと腕を引かれた。

どさ、と倒れ込んだ先、至近距離で視線がぶつかる。

「ちひろく……」

片腕で抱き寄せられ、もうなにも言えなくなる。

「もう少しこっちに来い……」

「う……ん」

この瞬間、改めて実感していた。

相手が、黒帝ＫＩＮＧの松葉千広だから、じゃない。

わたしが本能的に従ってしまうのは、この人が好き……だからだ。

恋情

あやるは知らないだろうな。

自分の些細な言葉が、行動が、ひとりの男の感情をどれだけ振りまわしてきたか。

「ちょっとは楽になった？　水持ってこようか？　食べたいものとかあるなら買ってくるよ」

「いい。ここにいろ」

痛みとか熱とか、例えどれだけ酷かったとしても、あやるが今ここにいるなら全部どうでもいい。

そばにいてくれるなら、ずっと痛いままでも構わない。痛みと引き換えにあやるに触れていられるなら安い話だとすら思う。

「でも千広くんつらい……でしょ？　熱もそうだけど、あの……ビヤク、みたいなの、飲んじゃって」

「別にどうもない」

「そんなわけない、わたし昨日あれ飲まされて苦しかったもん。千広くんが……してくれなかったら、絶対おかしくなってた」

……そうだな。

俺があのカプセルを〝本当に飲んでいた〟なら、あやるは今頃、無事では済んでないはずだ。

鎮痛剤、解熱剤、粘膜保護薬。

三錠手のひらに並べたとき、洌が解熱剤だと言って追加で持ってきた薬は、違うものだと匂いで気づいた。

真っ先に疑ったのは毒薬。

洌だけじゃなく、この街に住む人間は自分の利益を最優先に動く。

いくら洌が黒帝の幹部であろうと、たとえば外部から〝松葉千広を殺せ〟という依頼が流れてきたとして、俺を殺すことで得られる利益が黒帝にいることよりも大きければ迷わず引き受ける。当たり前の話だ。

ただ、冽が俺を殺すとなれば、あまりにもリスクが大きすぎる。

──俺が、松葉家の人間だから。

この街で松葉を敵に回すことは死に直結する。場合によっては死よりも耐え難い苦痛に落とされる。

本人だけでなく、かつて一緒に暮らしていた周りの人間もただでは済まない。

今屋敷冽は、家族だけは、誰よりも大切にしていたはずだ……と。

そのとき、たしかに俺は思い直した。

けれど。

『千広クン、全部飲んじゃった？』

『……ああ。お前が全部飲めって言ったんだろ』

──嘘だ。

あの薬は結局、体に入っていない。

飲むふりをして、一錠だけシャツの袖口から中へ落とした。

頭の中では、冽は俺を陥れるような真似はしないとわかっているし、そもそも、いつも冽が調合した薬を飲んでいるにもかかわらず。

結局俺は、仲間のことですら完全に信じることができない。

そういう風に育てられて、今でもその癖が抜けない——最低で愚かな人間。

まさか中身が、冽の作った〝アレ〟とは思わなかった……が。

結果、飲まなくて正解だった。

鎮痛剤が効き始めた体で理性だけが飛ぶ、とか。……最悪のハナシだな。

なのに、当の本人ときたら。

「苦しかったらちゃんと言って。昨日は千広くんが助けてくれたから、ええと……だから、わたしの体、好きなように使っていい……から」

目にうっすら涙を浮かべながら、震えた声でそんなことを言う。

理性がいとも簡単にぐらついて、めまいがした。

『キスとかはね、わたし好きな人とかしないって決めてるんだもーん』

中学時代のあやるの声が脳裏をよぎる。

机に両手で頬杖をついて、無邪気に笑っていた。

『実はね、唇、好きな人とするために大事にとってるんだよ～……とか言っても、千広くんは笑うから言わないけど』

ずっと、あのときのままでいてほしかった。

体を好きにしていいなんて、お前の口から聞きたくない。

大事にとっていた唇も体も、全部元彼にあげたから、もうどうでもいいのか。

「……千広くん？」

「………………」

「やっぱりわたしなんかじゃ、相手にならないよね、ごめ、なさ……」

涙を拭おうとする手を掴んで引き寄せる。

「千広く、……ひゃ」

襟元の留め具を外した。するりとリボンを解いて、首元に唇を押しつける。

「ん……っ」

「さっき、してほしいことあったらなんでも言ってね、って言ったな」

「……う、ん」

「じゃあ、じっとして黙ってろ」

「や……っ、ちひろくん、そこは」

体温を感じていたい。

「へえ、……お前ここ、弱いの」

「ひぁ……っ、ん」

甘い声を聞いていたい。

体重をかければ、細い体は素直にベッドへ倒れていく。

少しだけ開かせた脚の内側を、もう一度なぞる。

やわらかい肌がびくりと揺れた。

「……ちひろくん、……っぅ……」

小さな手がシーツを握りしめている。

乱れた制服の隙間から、部屋に入ったときにつけた赤い印が見えた。

「なんで、わたしばっかり…っ…？　これじゃあ千広くん、ちっとも楽になんないよね……？」

返事はしない。代わりに、あやるの弱い部分に優しく触れてやる。

「やぁ……、だめっ……」

潤んだ瞳が、俺を求めているように見えてしまう。

そろそろ離れないといけない。

こっちの理性も限界だった。

指先にさっきよりも少しだけ力を込めると、あやるは小さく体を震わせた。

「〜ゃ、っ、〜〜、」

今度はシーツじゃなく、俺の手をぎゅう……と握りしめながら。

その手を握り返すと、またためまいがした。

疲れて眠ってしまったあやるをじっと見つめながら、中学の頃を思い出す。

目尻には涙の痕《あと》があった。

思い出したのかもしれない。前の男のことを……。

「あやる、まだ好きなのか」

本人は眠っている。だけど、夢の中で俺の声が聞こえていたらしい。

「……今も、……ずっと大好き」

小さな声が聞こえたあと、白い肌に新しい涙が伝ったのが見えた。

あやるは知らないだろうな。
お前の言葉ひとつで、行動ひとつで、俺の心臓が、簡単に押し潰されそうになること。

＊

ほのかなムスク。千広くんの匂いだ……と、眠りから覚めたのが十秒ほど前。
どこだろう、このふかふかな場所は。
甘い気だるさが全身を支配していて、しばらくするとまた瞼が重たくなってくる。
うぅ……まあいいや。心地いいからこのまま寝ちゃおう……。
ごろんと寝返りを打った直後、隣に横たわる千広くんの姿を捉えた。
「……っ！」
目と鼻の先に千広くんが、いる。
ぼんやりしていた意識もすぐに覚醒する。
そうだ、千広くん、アレを飲んじゃって……。

あのもどかしい苦しさを知ってるから、わたしがなんとか楽にしてあげなきゃって思ったのに。

――いっぱい甘いこと、されて……最終的に「もっと」って、求めてしまったのはわたしのほう。

どうしよう。初めは恥ずかしさのあまりいやいや首を振っていたのに。

本当は触れてもらえることが嬉しくて、近くで体温を感じられるのが嬉しくて。

千広くんがいざ身を引こうとすれば、つい、

『やめるのも、だめ、千広くん……』

離れていく熱を追いかけてしまって……。

うわああっ、どうしようどうしよう。気持ち、バレちゃったかも……っ。

だって、うろ覚えだけど、意識が落ちる前に「今もずっと大好き」って口走ってしまった気もする。

お願いだから夢の中の出来事であってほしい。思い返すだけで恥ずかしいよ……。

でも、こんなに近くにいられるのは今だけかもしれない……と。

隣で静かに眠る千広くんを見て胸がぎゅうっと締まって。

眠ってるならわたしがなにしてもヘンに思われないかも、なんて。こんなところで魔が差した。

手を伸ばして、千広くんの腕にそっと抱きついてしまった——矢先に。

「あやる、誰と間違えてるんだ」

響いた低い声。心臓が大きく跳ねる。

うそ、起きてたの。

触れてしまった以上、もうあとにも引けず。

「………」

苦しいけど、眠ったまま無意識に抱きついてしまった！という設定で押し通そう。

そうしよう。

自然に自然にと思うのに、どんどん脈が速まるせいで余計に焦ってしまって抱きしめる手にヘンな力が入ってしまった。

こんなんで寝たふりを突き通せるのかな。……なんてハラハラしていれば、なにを思ったのか、千広くんが体をぐっと寄せてくるから。

「……!?」

驚きのあまり声が出そうになるし、突き飛ばしそうになる。

そうだ。きっと千広くんこそ夢の中に違いない。

だとしたらさっきのセリフは？　たしかにわたしの名前を呼んでた。

〝誰と間違えてるんだ……〟って。

魔は差したけど、間違えたわけじゃない。

相手が千広くんだから──好きな人だから、くっつきたくて……。

目を閉じていても全部千広くんで支配される。

今回はカプセルを飲まされたわけじゃないから、意識が落ちるまでの記憶はしっかりある。そう、触れ方、体温、表情。どれも鮮明に思い出すことができてしまうのだ。

千広くんの唇は優しかった。

額、頬、首筋。それから、肩に下りて……。

「……っ」

だめだ。少し記憶をたどっただけで、瞬く間に熱がよみがえってきた。

千広くんが触れていた部分がチリチリ焼けるように熱い。

千広くんの手と唇は、わたしの肌に余すところなく触れていたように思うけれど。

そういえば。

あることを思い出して、ふと冷静になった。

唇には、一度も触れられてない……。

最中、千広くんの余裕が少し無くなっているように思えたのも、顔が心なしか赤く染まっているように見えたのも、薬のせいで。

千広くんは強制的に欲情させられていた……にもかかわらず、キスはしなかった。

最後まで……も、してない。

つまりはそういう、こと。

わたしとキスするの、嫌だったんだ……よね。

最後までしなかったのは、薬の効果が薄れてきて、途中で正気に戻ったのかも。

たとえ薬のせいでも、甘やかしてもらえて幸せだって一瞬でも思ったのがばかみたい。

急に惨《みじ》めになる。

寝返りを打つふりをして、千広くんの腕をそっと解いた。

夜会

【洌SIDE】

「洌くんおかえり」

部屋に戻ると、絹クンと開吏が僕を待ちわびていたように勢いよく顔をあげた。

「千広くん、体調どんなだった？」

「てかあの女、まだ千広さんの部屋にいるんですか⁉」

食い気味に尋ねてくる開吏を、まあまあと落ち着かせながら、ふたりが座る向かいのソファに腰を下ろす。

「熱はこの前の怪我によるものだね。肋骨四本もイってるんだから、発熱はしばらく繰り返すと思う。全治まであと二ヶ月はかかるかなあ」

……そう。千広クンは三週間前、赤帝のＫＩＮＧとサシでやって、肋骨を四本もやられてる。

普通なら歩くだけで軋《きし》んで、とてつもない痛みになるはずなのに、千広クンは苦痛の「く」の字も見せなかった。

軽い怪我なんかじゃない。血管にも損傷が入って、初めの頃は吐血を繰り返していた。

あれから時間は経っているとはいえ、痛みはまだ十分にあるはずなのに、つくづく化け物かと思う。

誤って渡した僕の特製薬を飲んでも、顔色ひとつ変わらないし……ね。

あの家は、千広クンを〝そうなるように〟育てた。

幼い頃から、いったいどれだけの苦難を強いられたのか。

恐ろしいなあ、と改めて背筋がぞくりとする。

まあ、今はそれよりも。

「るーちゃんと千広クンの関係、気になるよね〜っ」

目で僕を急かすふたりに、にこっと笑いかける。

千広クンにぞっこんな開吏はもちろん、絹クンも、だ。

珍しいことに、絹クンはたぶんるーちゃんを気に入ってる。

ダウナーな絹クン。

QUEENが入れ替わるたびに〝その気〟は見せつつ、実際は女の子個人には、微塵も興味がない。

視線、言葉遣い、表情。些細な差ではあるけど、るーちゃんへ向けるものがほかの子とは違う。……興味がある、みたいだけど。

それは、千広クンが構う女の子だから、なのか。

それとも個人的に惹かれるものがあるからなのか。今はまだわからない。

「千広くんと安斉サンは、中学の頃同じクラスだった。そのときに深い仲だった。もしくは、千広くんが安斉サンを好きだったと、仮定してみたけどさ」

その時点でありえねーんだよ、と絹クンがソファから脚を投げ出した。

「あの千広くんだぜ？　松葉に育てられた人間は感情では動かない。絶対に、だ。親しくするとき、優しくするとき、ぜーんぶなにか裏の目的がある」

うん。絹クンの言うことは間違ってない。

細かいことを言えば、感情で動かないわけじゃなく、自己の感情を持てないように育てられる。

松葉という名が、この街の絶対的支配者であり続ける理由はこれ。

支配者は支配者によって作られる。

「そうだね。千広クンに愛だの恋だの、そんな感情があるはずがない——持てるはずがない」

冷静に考えればそうだ。

今までの千広クンを見ていればわかる。松葉千広が誰かに情を抱くこと。

想像すらできない。

「つまり、るーちゃん——安斉あやるに千広クンが構う理由は、なにかに利用しようとしていると考えるのが妥当だね～」

黙って話を聞いていた開吏に目を向ける。

「ってことだよ。ちょっとは安心した？　開吏」

「……納得です。利用されてるモブ子先輩がかわいそうにすらなってきました」

へらっと笑って席を立つ開吏。

「オレちょっと飲み物買ってきます」

もやもやが晴れてすっきりした、という感じで部屋を出ていく。

そうだよね、自分でも改めて納得した。

松葉の人間は人を愛せない。

この街では、昔から有名なハナシ。

「――なあんて、ほんとにそう思ってんの？　冽くん」

にやりと笑った絹クンが肩を組んできたのは、開吏が出ていった直後だった。

わざわざ席を立って、僕の隣に座って。

煽るようにそんなことを言う。

その腕を、やんわりどけた。

「え～？　なにが言いたいの絹クン？」

首を傾げれば、絹クンはさらに顔を覗き込んでくる。

やわらかなそうな紫の髪がふわりと揺れた。

「なあ、気づいてたか？　安斉サンのリボンの留具。あのブラックダイヤ、〝ホンモノ〟のほうだぜ」

――ドクリ。

心臓がたしかな音を立てて跳ねた。

「………、うそでしょ？」

QUEENには、胸元で美しく光るブラックダイヤの留具が与えられる。

……という伝統も、ここ数年は見せかけだけ。

月一で変わるようなたかがQUEENに、本物なんて身につけさせるわけがなかった。

今までのQUEENたちは偽物とも知らず、恍惚としてそれを見つめていたけれど。

「開吏を落ち着かせるために、さっきはそれっぽく話作って合わせてやったけど。これ聞いて、洌くんはどう思う？」

るーちゃんに制服を渡したのは千広クン。

千広クンも、今までのQUEENには偽物を渡していたことくらい知っている。

「るーちゃんの留具、ほんとに本物だった？　絹クンの見間違いっていう可能性は？」

「疑うなら今からでも確かめて来いよ。洌くんだって、人工的に着色されただけのパチモンとの見分けくらいつくはずだ」

絹クンが、こんなところで意味のない嘘を吐くはずない……よね。

ブラックダイヤと言っても、世に出回っているもののほとんどが加工処理されたもの。

ブラックダイヤ、イコール、人工ダイヤという認識もあるくらいだ。宝石店でも比較的安価で取引されていることが多い。

だけど、黒帝の所有しているブラックダイヤは紛れもない天然物で、その中でも希少価値の高い漆黒。

値段をつけようものなら、きっと計り知れない額になる。

「千広クンがるーちゃんに本物を持たせるメリット、ある……？」

「だからさ。おれは、メリットうんぬんの話じゃないかもよって話をしてんじゃん？」

「……つまりなに？　結論は？」

絹クンの悪いところは、わざと遠回しな言い方でわからせようとしてくること。

確信があるならさっさと教えればいいのに、長い脚をゆっくり組み替えて、ライターにかちっと火をつける。

「ったく、僕の真横で吸うのやめてよね。あとハナシ焦らさないでくんない？」

「絢人くんなら知ってるかもな。今度会ったら、殺る前に聞いてみるか」

「……、はあ？」

「黒土絢人だよ。もう忘れたのか、薄情くんめ」

忘れたとか、そういうことじゃないでしょ。

出かかった言葉を諦めてのむ。

絹クンが、ふー……っと息を吐き出した。会話が噛み合わないのはいつものこと。

黒土絢人。

かつてのＪＯＫＥＲ――裏切り者の名前は、白い煙と一緒に、嫌な感覚だけを残して消えていった。

＊

再び意識が引き戻されたのは、午前一時を少し過ぎた頃。

「……あやる、」

千広くんの声が聞こえた気がしてうっすら目を開くと、本当に千広くんがいたから驚いた。

上半身を起こして、ベッドに片膝を立てて、わたしを見おろしている……。

そっ……か、隣で寝てたんだった！

さすがにもう夢ではないとわかるけれど、そばに千広くんがいる状況はそう簡単に慣れるものじゃない。

暴れる心臓を押さえながら、どぎまぎと瞬きを繰り返す。

「お前のスマホさっきからずっと鳴ってる」

「スマホ、……え、あ、スマホ！」

勢いよく起きあがったのはいいものの、いつ被せてくれたのかわからないブランケットが、はらりと体を離れて。

「ひゃ……、」

はだけた制服から、胸元が露わになってしまう。

ぐわっと熱が集まって動作を止めたわたしに、千広くんがすかさずブランケットを押しつけた。

とっさに掴んで引き上げようとした……のだけど。

「……あ、」

恥ずかしさのあまり指先が震えて、大事な布を、またもや手放してしまう始末。

どうしたことか、今度は千広くんも一緒に固まってしまった。

「み、見ちゃだめ……」

パーにした両手を伸ばして、相手の視界を遮ってみたつもり。

数秒後。なにか低い囁きと同時に、呆れたような深いため息が聞こえて、喉の奥がぎゅっと締まった。

……怒った？

「ごめん、なさい」

反射的に零れた、謝罪の言葉。

「なにが」

「……え」

「自分のなにが悪いか、ちゃんとわかってんの」

「…………」

「無防備でごめんなさい、だろ」

千広くんの視界をガードしていたはずの手が、あっけなく引き剥がされた。

指先が移動するたびに、どき、と心臓が跳ねる。

枕元にあったわたしのスマホを拾って、それをそっと握らせる。言葉とは裏腹な優しい手つきにとまどった。

画面に表示されていたのはヒナタちゃんの名前。

「男？」

画面をタップしたのとほぼ同時、ギシ……とすぐそばに手をつく気配がして。

距離を詰めてきた千広くんと肩がぶつかり。

『あやるん!!』

「わっ⁉ ヒナタちゃ、」

『夜連絡するねって言ったでしょ！　あのね、ずっと送ろうと思ってたの今から送る〜！』

「お、送るとはなにを」

『ふふふ、QUEENの心得ってやつですよ。あやるんが好きそ～な作品集めてみたから全部見て、イイ女になるんだよ？』

一方的に喋るだけ喋って、ヒナタちゃんは通話を切ってしまった。

QUEENの心得？

わたしの好きそうな作品？

イイ女？

はて、と首を傾げながらも本当は、意識は千広くんに向いている。

だから、画面をじっと見つめているようで、実はただ固まっているだけのわたしは――千広くんに指摘されるまで、気づかなかったのだ。

「お前それ」

「……？」

「そーいうのいつも見てんの」

「へ？」

そーいうの？

一度千広くんを見て、その視線をたどった直後。

「っ、ひ⁉」

危うく、スマホを投げるところだった。

連投されていたのは、とある動画サイトのリンク……女性向けの……そう、アダ、ルトな。

リンクだけならまだ大丈夫だったかもしれない。

だけどとてもご親切なことに、サムネイルつき。

「や、う……あの……」

さすがに投げはしなかったものの、すかさず画面を裏返しにベッドに押しつけた。

でももう遅い。

意地悪な千広くんは、裏返しにしたものをわざわざ拾って、確かめるように見せつけてくる。

画面の、サムネの中の文字。

『ベッドの上で、大好きな彼に後ろからハグされてたくさん××されちゃう女の子♡』

どうしよう、見られても平気なふりしないと初めてだってバレちゃう……？　でも……。

じわりと涙が滲む一方で、相手は耳元で小さく笑った。

「へえ、こーいうのが好き、ね」

どう答えるのが正解なんだろう？

なんて迷ったのがいけなかった。

すぐ近くで響く声は麻薬みたいに、流れ込んできた途端に思考を鈍らせるから。

否定するタイミングを逃して妙な沈黙が生まれてしまう。

「っあ、いやあの……違う、くて」

慌てて発したところで、この沈黙の「妙」な部分を取り返すことは当然できず。

目に涙を溜めながら顔を真っ赤にして。これじゃあ、もう……肯定と捉えられてもおかしくない。

「前の男とこーいうこと、いっぱいやった？」

からかうような口調だった。だけど、ひんやりとした鋭さも潜んでいる。

急に距離をとられたように感じた。

とっさに、相手の定めた距離感に従わなければ、と意識が働く。

千広くんが離れたぶんだけわたしも離れないと。

……傷つくのは自分だから。

「千広くんには……関係ない」

「……あ、そ」

声は冷たく突き放すくせに、どうしてか腰に回った手がわたしを抱き寄せた。

「……っ、なに？」

「…………」

返事はない。

うつむいて表情を見せてくれなかった。

わたしを抱き寄せた手にはあんまり力もこもっていなくて。

抱きしめるというより、わたしにだらりと身を預けているような。

あんな動画の画像を見られて、からかわれるか、意地悪なことを言われるかのどちらかだと思ったのに、今度はどういうこと……？

しばらく経って、そういえば千広くんは具合が悪かったんだと、思い出す。

ただでさえ言動ひとつひとつに過剰に反応してしまうわたしの心臓は。

「千広くん……まだ、きつい？」

「……ん、だいぶきつい、」

素直な返事を受けて、いちだんと狂ってしまった。

それを隠すのにちょうどいいタイミングで、スマホのバイブレーションが響いた。

今度はわたしのじゃなくて、千広くんの。

「鳴ってるよ電話」

「ああ」

「出ない……の？」

「ん……めんどくせえ」

誰からだろう。ベッドの上で光る画面をちらりと盗み見そうになる。

静かになったかと思えば、またすぐに振動。鳴り止む気配がない。

「大丈夫？　急用なんじゃないの？」

「大した用じゃねえよ」

「そんなのわかんないじゃん」

「うるせぇから〝拒否〟押して、お前が」

「え?」

「画面のボタン、押せ早く」

ボタン押すくらい自分で……と思いながらも、千広くんに言われたらこの体は無条件に従ってしまうのだ。

少し体勢を変えれば届くのに。

よっぽどきついのかな……。

ゆるく抱きしめられた状態のままスマホに手を伸ばして、トン、と画面をタップした、はずだった。

『おー千広。悪いな忙しいときに』

止めたはずのスマホから音声が聞こえて。

「へ? ……わたし……あれっ!?」

思わず声をあげてしまったあとで、自分のミスに気づく。

〝拒否〟を押したつもりが、間違えて〝応答〟に触れてしまっていた……みたい。

『うん? きみ女の子……?』

どうしよう!

ばくばくばく、鼓動が慌ただしく加速していく。

「う、あ、すみませ……えっと千広くんに代わりますっ」

『んあー、千広近くにいんなら伝言頼むわ。〝週明けの夜会には絶対に顔出せよ〟っつっといて』

「や、やかい？」

『毎度毎度へーきで欠席しやがって。上の連中はそ〜と〜ご立腹だぜ？』

なんの話か全くわからず、千広くんに必死に目線を送って助けを求めるものの、しらーっと無視された。

『黒帝のＫＩＮＧとＱＵＥＥＮがいつまで経っても空席じゃ格好つかねぇだろ。なあ？』

同意を求められてもなんのことやら。

そうですね、なんてへらっと笑ってごまかした。

声の主は洌くんでも絹くんでも開吏くんでもない。

話し方や声からどうやら年上っぽい雰囲気がある。

千広くんに意見できるのは、そこそこの立場の人だと思うけど……。

『今度来なかったらあいつまじで指詰める。……なんてね～。いくら脅したところで千広は絶対来ないんだよなあ』

「…………」

『来ないのわかってるけど、連絡しないとオレが上に怒られるからさ。一応、連絡〝は〟ちゃんとしたぞって証拠をね、そんじゃあよろしく』

一方的に電話は切られた。

終始しらーっとしてた千広くんにも、会話は聞こえていたはず。

「……ってことだそうですけど」

「ああ」

「……夜会？に、千広くんはいつも不参加、なの？」

「月曜の夜、予定空けとけ」

「は……え、月曜日の、夜？」

「放課後迎え行くから教室で待ってろ」

＊

「あやるん～今日は洌様と開吏くんは来ないの？」

「洌くんたちは来ない、と思うけど」

「やだやだ会いたい！　なんで来ないの、みんな朝からずっと洌様たちを待ちわびてるんだよ⁉」

「いやあ、わたしに言われても……」

ヒナタちゃんが、がっくりと肩を落とす。

わたしたちの会話を盗み聞きしていた子たちも同様、ため息をつくと残念そうにスマホをいじり始めた。

――現在、五限目後の休み時間。

先週、洌くんと開吏くんがうちのクラスに現れたことで、なんと今日、授業の出席率一〇〇％という脅威の数値をたたき出してしまっていた。

黒帝ではまずありえないこの光景。

噂を聞きつけた他クラスの人まで授業中にぞろぞろと覗きに来る始末で、先生たちは誰もが目を丸くしていた。

なにがすごいかって、こうして集まるのが女の子だけじゃないってこと。

ＢＬＡＣＫに憧れを抱く男子は相当な数いるみたいで、「どうやったらお近づきになれるか、気に入ってもらえるか」みたいな会話が男子グループからちょくちょく聞こえてくる。

「あ。そういえばあやるん、金曜にあたしが送った動画ちゃんと見た？」

「動画？……あ、」

あれか。

千広くんにサムネ見られて、火でそうなくらい恥ずかしかったやつ！

「見てない！　です」

「めっっちゃいいから早く見て？」

「うっ、でもあんな、えっ……」

「シチュエーションも神だからまじで見て。あれね、好きな人を重ねながら薄目で見るのがおすすめ、きゅんきゅん止まらん」

好きな人を重ねて薄目で見る……。

つまり男性を千広くんだと思うってこと？

一瞬だけ想像して、体の芯がじわっと熱を持った。

「あーっ、あやるん〜〜、今いかがわしい妄想したでしょ〜〜」

「っや……う、ていうか！　ヒナタちゃんが誘導したんじゃん」

「んも〜真っ赤になって可愛いなあ。相変わらず反応ウブなんだからあ、そんなんでBLACKのQUEEN務まるんですか？」

もちろん全然務まらないです。ファーストキスですらまだなわたしが幹部の方々を満足させるなんて無理に決まってる。

だからってQUEENになったからには役目を放棄したりせずに努力すべき。

とは思っていても、やっぱりわたしは千広くんへの気持ちを引きずっていて。

身の程を知りながらも、それでも、初めては千広くんにもらってほしくて……。

QUEENの〝仕事〟だからって、割り切ることが、まだできずにいる。

「──ねえ、あやるん」

「うん？」

「……あれ、」

突然、声色を変えたヒナタちゃん。

何事かと顔をあげれば、目を見開いたまま固まっていた。

昼も震えていて……そう、まるで幽霊でも見るかのような……。

びくびくしながら視線をたどった先――教室の扉付近。

「あやる」

誰もが、目を疑ったと思う。

ヒナタちゃんが、ぎぎぎぎ……と音が出そうなくらいぎこちなくこっちを向いて
「……ホンモノ？」とわたしに尋ねた。

ホンモノ、だけど。

たしかに金曜の夜「放課後迎えに行く」とか言ってたけど。

「千広くん、なんで……」

「迎え行くって言ったろ、早く来い」

本当に来るとは思ってなかった。

いや、来るにしても、放課後に人がいなくなったあと。代わりの誰かを使って、とか。そんな感じだと思ってた。

て、いうか。

そもそも！　今はまだ、放課後どころか六限目すら始まってないよ……っ。

「松葉さんだ……やべえ。オレこんな間近で見たの初」

「嘘だろこれ。学校どころか、組織の会合とかにも滅多に顔見せねえってハナシだぞ？」

「つーか今、安斉さんの名前呼んだよな？　松葉さんがＱＵＥＥＮを直々に迎えにくるとか前代未聞だろ……どうなってんだ」

みんながみんな、千広くんに釘づけ。

吐息だけで会話しながらも興奮が抑えきれてない。

いくら千広くんが「来い」と言ったたって、今度ばかりはわたしの体も緊張で動かなかった。

数秒後。

痺れを切らした千広くんが、とうとう自らわたしのもとへ歩み寄ってきて。

「きゃ……」と、女の子たちから悲鳴に似た声があがる。

あっという間に目の前にきて、わたしをじっと見おろす、黒帝のＫＩＮＧ。

伸びてきた手にびく、として一歩退いてしまった。

その反応にわずかに顔を歪めた千広くんの手は、結局わたしに触れることはなく。

あいだを流れる空気がずしりと重みを持つ。

その直後、

「千広くんー、安斉サン捕まったかぁ？」

なんとも気だるげな声が廊下の窓を抜けて、静まりかえった教室まで届いた。

しばらくして、扉からひょいと顔を覗かせたのは——紫ウルフの……

そう、ＢＬＡＣＫ ＫＩＮＧＤＯＭ幹部、伍ノ席ＡＣＥ……の、伊織絹くん。

煙草の香りが微かに漂った。

「んだよ、みんなしてそんな見つめちゃってー。照れるだろ」

彼がにやりと笑っただけで、なんということか、近くにいた女の子が、涙目で顔を真っ赤にしたまま膝から崩れ落ちてしまった。

そんな、わたしよりもはるかに動揺している女の子を目にしたおかげで、少しだけ頭が働くようになった。

千広くんは〝「かつてのクラスメイト」だったわたし〟じゃなく、ＢＬＡＣＫの〝ＱＵＥＥＮ〟を迎えにきただけ。今はＱＵＥＥＮとして振る舞わなければ千広くんの顔に泥を塗ることになる。

ようやく冷静になって、今度はわたしから、千広くんの手をおそるおそるとった。

高級な送迎車に放り込まれればもう、流れに身を任せるしか道はなく。

「あっはっは、安斉サンがちがちだったな。千広くんと歩いてくるとき、小学生の入学式入場シーンにしか見えなかったわ」

絹くんが小馬鹿にしてくれて、今は本当によかったと思う。

千広くんとふたりだったら今頃……。

「ウソウソ、顔真っ赤にして、新郎新婦みたいで可愛かったぜ」

「っ、な！」

ぼっ！と音が出てもおかしくないくらい、燃えるように顔が熱くなって、みるみる紅潮していくのがわかる。

もはや泣きそうになっているわたしをよそに、隣では「絹」と、冷静な声がたしなめた。

「――それはそーと。千広くんがＱＵＥＥＮをこんなに優遇する日が来るなんて思ってもみなかったな」

絹くんの声色が変わった。

ひんやりとした、冷たさ。

「ましてや安斉サン、まるで〝初めて〟で、未だにおれたちの相手をまともにできてない。QUEENとしての価値で見れば過去最低だろ？」

「ごっ、ごめんなさいほんとに！　無価値なのは自覚してます、でも無価値なりに、ちゃんとお相手もできるように努力を、」

最後まで言えなかったのは口元を覆われたから。

隣から伸びてきた——千広くんの手によって。

「それ、あやるに対しての侮辱か？」

「そう聞こえたか？」

場の空気がいっきに不穏になる。圧迫されたみたいに息がしづらい。

わたしのせいだ。

QUEENにふさわしくないわたしなんかが今ここにいるせい。

千広くんに庇ってもらう資格、ないのに。

「千広くん」

「なんだ」

「ハズレくじでごめんね、」

深く息を吐く気配がした。呆れたような、いらだったような。

「もう聞き飽きた。……次はその唇塞ぐぞ」

距離を詰められ、目の前に影が落ちる。

避けなかった。どうせ口だけの脅し。どうしたってこの人は――たとえ薬に侵されて理性が剥がれていたとしても、わたしの唇には決して触れてくれないのだ。

「………、」

案の定、重なることはなかった。

その代わりに、どうしてか、大きな手がわたしの両耳を塞いだ。

「――絹、」

微かな響きと、唇の動きと、視線で、絹くんに呼びかけたのはなんとなくわかり。

だけど、声を落としたのか、その先の言葉は読ませてくれなかった。

＊

「俺たちの〝立派なＱＵＥＥＮ〟の定義は、いつから〝男にとって都合のいい女〟になったんだ？」

「悪い、イマイチ確信がもてなかったからわざと煽って試した。今までのお飾りＱＵＥＥＮとはわけが違うとは思いつつ、まさか千広くんが、ってなるだろ普通」

「……事情はわかった。けどあやるを使って試すようなマネは二度とするな。次傷つけたら許さねえぞ」

「肝に銘じる。夜会に連れて行くってのはそういうことだもんな。ほかの連中にも抜かりがないよう伝えておくよ」

「お前のその順応性を踏んで、今日の夜会の同行者に決めたんだ」

「……光栄です千広くん。安斉サンはＫＩＮＧが選んだ最高の女だから、これからは〝おれたち〟も、命を懸けて彼女に尽くすよ」

＊

夜会と聞けば、なんとなくゴージャスなパーティーみたいなものを想像する。

男性はおしゃれなスーツ姿。女性は華やかなドレス姿。

……という勝手なイメージ、なのだけど。

「あの……わたし制服でいいんですか、ね」

コソコソ話が終わったのを見計らって、そっと声をかけてみれば。

「俺もこの下は制服」

千広くんは、アウターをひらりとはだけさせた。

「わ〜、ほんとだ。ほら、なんか、夜会っていったら、みんなスーツとかなのかなって……」

「大人はな。俺たちは制服での参加が義務づけられてる」

「へえ……。それって未成年と、そうじゃない人を区別するため、みたいな感じ？」

「いや。昔から、黒帝の意志を継ぐ者として、黒帝の校章の入った制服こそが一番ふさわしいとされている……。そういうしきたりだな」

しきたり……。

　思えば、良くも悪くも一般社会とズレている帝区は、そういう伝統みたいなものを守る意識がよそよりも強い気がする。

　校舎を見渡してもそう。

　正門、裏門、時計台、教室の扉。厳ついデザインの校章があらゆる箇所に彫られていて、部外者はきっと怯《ひる》んでしまうほど。

　廊下には、歴代の学長の肖像が大きく立派な額縁に収まった状態で飾られているし、中央棟で昂然とはためく校旗を見れば、誰もがきっと、此処が『黒帝』の象徴だと理解する。

　同じ帝区の対角線上に建つ赤帝高校も、同じような造りだったはず。

　今は敵対しているけれど、かつては赤帝と黒帝で〝ＫＩＮＧＤＯＭ〟という、ひとつの組織だった……と、中学の頃、千広くんに教えてもらった。

「ねえ、千広くん」

「なんだ」

「……今日の夜会って、赤帝高校の人も来るの？」

　三秒ほどの妙な沈黙が生まれた。

それを破ったのは、千広くんじゃなく、反対側に座る絹くん。

「来るわけね～だろ。死人が出るぞ」

「し、にん」

「この前のRED襲撃で、ウチはかなりの痛手を負ってる。あの場は話し合いで収束したが、和解したわけでもなんでもねえからよ」

「……レッドのしゅうげき、って、」

「オウム返しばっかだな。安斉サン、仮にも黒帝の生徒だろ？」

呆れた顔を向けられて、ごめんなさいと謝る。

なにも知らないけど心当たりはある。

千広くんはこの前、肋骨を折ったって言ってた……。

「なんで、REDに襲撃されたの？」

「先にけしかけたのはウチだよ。ウチの幹部だった黒土絢人が、千広くんの命令でREDのKINGを刺したことから始まった」

「っ、——」

「けど黒土は相手の急所をわざと外して。終いにはおれたちを裏切ってREDに寝返った。笑えるハナシだろ？」

……ちっとも、笑えない。

中学のとき、千広くんと仲が良かったはずの黒土絢人くんが、ＲＥＤのＫＩＮＧを刺した。

それをきっかけにＲＥＤはＢＬＡＣＫを襲撃。

ＢＬＡＣＫにはかなりの負傷者が出て、千広くんも大怪我を負って。

肝心の黒土くんは……ＲＥＤの味方に、なった……。

黒土くんは本当にBLACKを裏切ったの……？

「黒土は近々ＢＬＡＣＫからの制裁を受ける。ラクには殺してやんね～よ」

「…………」

千広くんはなにも言わずに話を聞いている。

黒土くんを庇うような言葉もない。

「でも、襲撃のときは結局、話し合いで解決できたんだよね？」

「いいや。抗争に至らなかったんじゃなく、あくまで〝中断〟されてる状態だ。むしろ今が一番危うい」

だめだ、聞いていたくない。

千広くんがなにも言わないのが怖い。

この世界では裏切りも、裏切りへの制裁も当たり前なのかもしれない。

それでも、千広くんが大事な友達に酷いことをするはずがない。

信じたいのに、確信できるものがなくて……怖い。

「──あやる」

車が停車して、シートベルトを外したタイミングで、ずっと口を閉じていた千広くんから不意に声がかかった。

「制服だけだと寒いだろ」

「え……」

「会場まで少し歩くからこれ着てろ」

ふわりと肩にかけられたのは、千広くんのジャケット。

ほのかなムスクに包まれて、どき、とする。

……ほら、やっぱり優しい……。

鼓動の速さに比例して、頬がじんわりと熱を持つ。

そんなときだった。

ヴーッ、ヴーッと、ポケットの奥でスマホが音を立てたのは。

いけない。夜会が始まる前に電源切っとかないと……。

取り出して、画面を見た直後。

熱をもった体が、一瞬にして凍りついた。

どうして。

今さら。

この人が……。

呼吸すらまともにできなくなる。

メッセージの送信者は〝白石大河《しらいしたいが》〟くん。

──前に付き合っていた、男の子の名前。

見なかったことにしようと一度はポケットにしまいかけたけれど、スマホが立て続けに音を立てるから、震える指先でメッセージを開いた。

【安斉、久しぶり】

【あのときはごめん。松葉に加担するような言い方されて、カッときて冷静な判断

がてきなかった】

嫌な記憶がよみがえる。思い出したくなくて無理やり打ち消したはずの……記憶。

【本題に入るけど。オレ帝区に戻ってきたんだ。近々会えない？】

——足元がふらついた。

結局返信はしなかった。

できなかった。

電源を落として無理やり頭から振り払う。

帝区は昔から入れ替わりの激しい街。出ていった人が戻ってくるのはよくあるハナシで、だから大河くんがまたこの街に来たのも、なにも特別なことじゃない。

気にしなくていい。

もしたまた会うことがあれば、「久しぶりだね」って普通にあいさつをすればいいし、返信しなかったことを咎《とが》められたら、あとでしようと思って忘れていたと、言い訳をすれば……。

「——あやる？」

はっと顔をあげる。

わたしの前を歩いていたはずの千広くんが、少し身をかがめて目線を合わせてくる。

「体調悪いのか」

「ううん、だいじょー……ぶ」

「…………」

「ちょ、ちょっと緊張した、みたいな……。ほら、よくわかんないけど夜会って偉い人たちがいっぱい来るんでしょ？　だから……」

「お前、昔から大人相手でも緊張とは無縁って感じだっただろ。校長に怒られたときですら、けろっとしてたしな」

「……っ」

だから、どうして……。

ささいな変化に気づいてくれるの？　何年も前のことを覚えてるの？

そう、黒帝の中では明らかにまじめ……というか目立たず隅に生きているわたしにも、中学のとき、校長室に呼び出されたという黒歴史エピソードが存在する。

*

あれは金曜日の夜だった。

課題に必要なテキストを一式忘れたことに気づいて、九時過ぎに学校へ取りに戻ったんだ。

もしかしたら遅くまで残っている先生がいるかもしれない……と思ったのだけど、案の上、職員室は真っ暗で、仕方なく帰路についたとき。

『……は、あやる？　お前なにしてんの』

夜道でばったり、千広くんと会ったのである。

経緯を説明すると、千広くんはわたしを再び学校まで引っ張っていって、

『ここ大抵いつも鍵かかってない』

と、校舎裏のとある窓をガラッと開けてみせた。

あのときのはじけるような高揚感は今でも鮮明に思い出せる。

ひとりなら、たとえその窓を見つけたとしても絶対入らなかった。

ためらいもなく校舎に足を踏み入れたのは、ふたりでやれば怖くない、の精神か

らではなく。むしろ逆で、相手が千広くんだったからこそ、危ない橋を一緒に渡ってみたくなった、というのが正しい気がする。

真っ暗な廊下で、黙って手を握ってくれた。

ぎゅう、と力強くてあったかくて、全身が心臓になったみたいで……。

一生教室にたどり着かなくてもいいのにな、と考えていたなんて、千広くんは知らないだろうな。

そのあと運悪くセキュリティ会社の見回りの人に見つかってしまって、見事、週明けに校長室に呼び出されたわけだけど……。

わたしにとっては大事な思い出。

やっぱり……好き、だな。

思い出として美化されているだけの気持ちだったら、どんなによかっただろう。

「……千広くん」

「なんだ」

「千広くんて……昔も今も、……優しいよね」

「……そんなこと言うのお前しかいねーよ」

「優しいけど、ちょ、……ちょっと鈍いよね」

「はあ？」

わたしのこと緊張とは無縁だって言うけど、千広くんといるときはいつも心臓がばくばくいってるの、知らないでしょ。

「わ、わたしだって、緊張するときはするんだもん」

暗闇に手を伸ばす。

千広くんの指先を探して……、ぎゅっと握った。

びくり、千広くんの体がわずかに震えたのが伝わる。

嫌……だったかな？

引っ込めようにもふんぎりがつかなくなったタイミングで握り返されて、今度はわたしが動揺してしまう。

「……っあ、」

「そんな緊張するような場所じゃねーよ」

「は、い」

「お前は……俺が連れてきたんだから」

「ご、ごめん……」

「……話、噛み合ってねーよ……」

ぐいっと。

手を引かれるついでに顔を覗き込まれれば、もうだめだった。

「お前、本気で大丈夫か？」

「——、」

大丈夫じゃない。

大丈夫じゃないよ、好きな人がこんな近くにいて……心臓、もつわけない。

「熱、ある？」

繋がれたほうと反対の手がおもむろに伸びてくる。

その指先が肌に触れるぎりぎりのところで、身を引いた。

「ねつ、は、ない……」

「じゃあなんだ」

「え……」

「さっき、急におかしくなっただろ」

「おかしく……なってない」

「…………」

「わかんねえから……顔、見せろ」

「や、……う」

だから、顔色をたしかめるためとはいえ、抱き寄せるようなこと、しないでほしい……。

なんて。自分から手を握っておいて、言えるわけもなく。

「おーい、千広くん、もうそろ時間やばい」

数メートル先から飛んできた声に、ほっと胸を撫でおろした。

夜会、イコール、パーティーの認識は間違っていたかもしれない。

……と、四角い会場の、四角に並んだテーブルを見て息をのんだ。

「遅かったじゃないか。直前で蹴るつもりなのかと思ったよ」

上座のど真ん中に座る年配の男性が、入ってきたわたしたちに声をかける。

年配、というのも声と雰囲気でそう感じただけ。

室内の照明は暗く、そこにいる全員の顔は影になって見えない状態だった。

「予定より遅れてしまい申し訳ございません」

改まった言葉遣いをする千広くんは別人のように見える。

ひんやりと張り詰めた空気の中では息をするのもためらわれた。

この場ではこれが普通なのだろうけど、わたしには異様な光景として映ってしまう。

千広くんの言うとおり、大人や偉い人の前で緊張するタチではなくても尻込みしてしまうほど。

「まあいい。お前がようやくＱＵＥＥＮを連れてくる気になったとみんなで喜んでいたんだ。紹介してくれるかな」

ゆっくりとした口調ではあるけれど、どこかに鋭さを潜めた響き。

かちん、と体が硬直する。

暗がりの中、その場にいる全員の視線がいっきにこちらへ流れるのがわかった。

千広くんが一歩前に出る。

「その前にひとつ——ご存じのとおり、黒帝では毎月QUEENを女子生徒の中から抽選によって指名しておりまして」

「ああ知っているよ。その子は〝今月の〟のQUEENなんだろう」

「ええ。ですので彼女はこういった場に慣れておりません。どうかお手やわらかにお願いいたします」

「もちろんだとも。しかし今夜限りというのは寂しいものだね……。近くで、顔をよく見せてくれるかい」

——「今月の」QUEEN。

——「今夜限り」。

胸をわずかに抉《えぐ》ってくる言葉たちは、聞こえないふり。

「黒帝高校二年の安斉あやると申します。一ヶ月と短い期間ではありますがQUEENとして精一杯励みたいと思っております、どうぞよろしくお願いいたします」

深く頭を下げた。

仮とは言えど、わたしはQUEEN。KINGである千広くんの顔に泥を塗るようなマネだけは絶対にしたくない。

「安斉さんよろしくね。今日はあなたも来てくれたことだし、会議を早めに切りあげて宴会に移るよ。松葉くんたちと楽しんでいってくれ」

「っ、はい。お気遣いありがとうございます」

笑いかけられたのが気配で伝わり、ほっと息をつく。

「もうお一方はACEの伊織絹くんだったかな」

「ご無沙汰しております。覚えていただき光栄です」

紫ウルフが、お辞儀に合わせてさらりと揺れる。

やがて、わたしたちは促されて席についた。

左に千広くん、右に絹くん。両サイドに座るのが見知ったふたりで本当によかったと思う。

部屋の照明の暗さは相変わらず。

周りにはずらりと偉い人たち。

どういった関係の方々かも存じあげないわたしは忍者のように息を潜めて、ただ時間が過ぎるのを待っていた。

参加している身として、きちんと聞くべきなのだろうけど。

そもそも、みなさんがなにを言っているかさっぱり理解できなかった。かろうじてわかるのは時おり出てくる帝区の組織や派閥の名称くらい。難しい言葉を投げかけられても、千広くんはすらすら返答していて、やっぱり別世界の人だと再認識した。

全く詳しくない界隈《かいわい》の話。おそらく隠語も多用されているせいか、もはや英語のリスニング問題を解く感覚に似ていた。

「――ところで、赤帝との関係はどうなっているんだい？　松葉くん」

それは、会議も終盤に入ったと思われるタイミングで放たれた。

「ＪＯＫＥＲだった黒土絢人くんが、赤帝側に寝返ったそうじゃないか。抗争の引き金になるという懸念はもちろんだが……優秀だった彼が抜けて黒帝の機関に支障が出ないか、それが心配でね」

ちらりと盗み見ても、千広くんの表情には動揺ひとつ浮かんでいない。

「たしかに惜しい人材を失いました。ですが、後任には彼以上に内偵に優れた者を選んでおりますのでご安心いただけたらと」

「……そうか。もうＪＯＫＥＲの席は埋まっているんだね。よかったよかった。会議はこれでお開きにしよう。宴会は、このあと二十時から七階のホールで行う」

そうして「会議」は、終了した。

会議室から人がはけて行くのを見ながら、ようやくまともに息が吸えた気がした。

やがて誰もいなくなったのを確認して、わたしたちも七階へ向かうことにする。

「安斉サン、おつ～」

「あ、うん。絹くんもお疲れ様でした」

「まじであの空気きっっつ。千広くんが毎回行きたがらないのもわかるわー。てか、安斉サンめっちゃ堂々と自己紹介できてて尊敬した～。なあ？」

そう言いながら、千広くんの肩に腕を回した絹くん。

「言っただろ。あやるはあーいうの得意なんだよ」

「さっすが。まあ、わかってないと連れてこないよな」

さっき抉られた傷が、千広くんの言葉で簡単に癒えていく。

「わたしべつに得意なわけじゃないよ、ちゃんと緊張したんだからね……？」

照れをごまかすようにつぶやけば、ふと優しい笑顔を向けられて。

さっきとは違う意味で、かちん、と体が固まった。

「ん。がんばったな」

………、……だから、もう、どきどきすることはやめてほしいのに。

今日は特に心臓が忙しかったから、これ以上は困る。

――きゅ、唇を結んだ、そのとき。

「松葉くん。ちょっといいかな」

廊下の前方から声がかかった。

「絹、あやると先に会場行ってろ」

「はいよ」

離れていく背中をぼんやり見つめる。

スーツを着た男性と並ぶ姿が様になっていて、すごく素敵だし……すごく寂しくもある。

「安斉サン行こっか」

「うん」

「……あ、ワリ。会議中電話入ってたっぽい。一瞬折り返すから、そこで待っててもらってい？」

「わかった。ゆっくりでいいよ」

マナーモードを解除したらしい絹くんが、バルコニーのほうに歩いていく。

わたしもスマホを確認しようかなと、制服のポケットに手を伸ばしたところで、はっとする。

【オレ帝区に戻ってきたんだ。近々会えない？】

白石大河くん——前に一度付き合ったことがある人——からの連絡が、頭をよぎった。

そう、だった。

見たくなくて、電源を落としたんだった。

「大丈夫……忘れる、大河くんのことは」

スマホをぎゅっと握りしめて言い聞かせる。

——まさか。

それを聞かれているなんて、思わなかった。

「オレが、どうした？」

背後から飛んできた声を、まず初めに幻聴だと思った。

ここはおそらく「黒帝会」の関係者が集う夜会の会場。

ここにいるはずがない。

だって、白石大河くんは。

『お前、あんな奴の肩をもつとか最低だな』

松葉一族が代々支配し続けている黒帝のことを、誰よりも忌み嫌っていたはずだから。

だけど。

「久しぶり、安斉」

「っ、……──」

振り向いた先にいた彼は、三年前と同じ声でわたしの名前を呼んだ。

未練

帝区の治安の悪さは有名で、なかでも黒帝高校付近は最悪。

一方で、敵対する赤帝高校付近の治安は、比較的〝良い〟とされている。

赤帝の治安が良いのは〝組織の結束が固い〟から。

ＲＥＤ ＫＩＮＧＤＯＭは、敵対する人間さえも仲間に引き込む力を持っているから……。

そんな話を昔からよく耳にする。

黒帝は真逆。

手を取り合うのは利害が一致した場合のみ。情の欠片もない関係、裏切りは日常茶飯事。

街に来たばかりの頃、ことあるごとに言い聞かせられた。

『黒帝会には近づくな』

『特に松葉家には関わるな』

〝彼らは人を愛することができない〟

――本当に？


「あれ、もしかしてオレの顔覚えてない？」

大河くんの姿が瞳の中に飛び込んできた瞬間、記憶がものすごい勢いで巻き戻された。

覚えていないわけがない。

でも目の前にいるはずなのに、なんだか映像を見ているみたいで現実味がない。

「大河くん……、……なんでここに」

ようやく絞り出した自分の声すらどこか遠くで聞いている感覚だった。

「スマホに送ったの見てない？　オレこっちに戻ってきたから会おうよって」

「あ……ごめん、時間なくて、返信できなかった」

「そっか。ま、こうやって会えたからいいや。元気してた？」

「……うん。そ、っちはどうですか」

「なんで敬語～？　オレは安斉の元彼だよね」

人懐っこい口調はあの頃と変わらない。

クラスの女の子たちは、大河くんのことを「甘える猫みたいで可愛い」って言ってたっけ。

この人を可愛いなんて、わたしは一度も思ったことがない。

「いや、〝元彼〟じゃないな……。オレは別れること了承したつもりないから」

この、人を刺すような鋭い瞳を可愛いだなんて。

返答に詰まる一瞬の隙を目敏《めざと》く見つけて、それはぎらりと光る。

「てゆかびっくりした。まさか安斉がＱＵＥＮとはね。あいつらの玩具になり下がっちゃって、ま～、かわいそうに」

気づいたときには吐息がかかる距離にいた。

「黒帝のバカな女共は喜んで身を差し出すだろうけど、安斉は違うもんね。オレは知ってるよ」

すぐに逃げ場がなくなって、ひやりと冷たい壁に背中がぶつかる。

「ねえ。安斉はせっかく〝まとも〟だったのに、なんで黒帝なんかに残ったの？」

大河くんはゆっくりと瞬きをした。

直後に注がれたのは、哀れみと蔑み。

「〝家族に捨てられたから〟？　〝もうここにしか居場所がないから仕方なく〟？」

「っ――」

「心配しないで、だいじょーぶ。居場所はオレがいくらでも作ってあげる。こんな腐りきった場所にいるべきじゃないよ、安斉は」

景色が波打って見えた。

「やめて」

口走ったのは無意識。

「……は？」

「黒帝のこと……千広くんたちのこと、そういう風に言わないで」

大河くんの表情が露骨に歪む。

「なに洗脳されてんの」

「違うよ、洗脳とかじゃ」

「黒帝がまともだって言いたいわけ？　じゃあ教えてよ。QUEENの存在を都合よく利用して行為を強要させる奴らの、どこがまともなのか」

「っ、……」

「ほらなにも言い返せない。つくづくかわいそうだな～。安斉は寂しいんだよ、あんな連中をまともだと思い込まなきゃやってけないくらいにさ」

あっけなく涙が出た。

大河くんの言うことは正しい。

わたしだって今の黒帝の体制がまともだとは思っていない。

でも、千広くんを好きな気持ちは寂しさから生まれたものじゃない。これだけは断言できる。

まともじゃないからと自分で跳ねのけられる程度の気持ちなら、どんなによかっただろう。

「オレずっと心配だったんだよね、安斉が父親に捨てられたって聞いて」

「……──、」

──捨てられた。

その文字が頭の中を一瞬で侵していく。

「ちが……、お父さんは――」

「違わないでしょ。娘をこんな街にひとり置いていくなんて誰がどう見ても最低な親だ」

中学にあがると同時に、片親であるお父さんの仕事の都合でこの街に来た。

そして、わたしが中学を卒業すると同時に、お父さんはこの街で女の人を作って家を出ていった。

『すぐ迎えに来るから』と、言い残して。

「安斉、好きだよ。ヨリ戻そう」

「っや……離して」

言葉とは裏腹に、無理やり抱きしめてくる腕はちっとも優しくない。

どうしよう、自分の力じゃ拒めない。

もう少ししたら絹くんがバルコニーから戻ってくるはずだから、それまでどうにか……。

「お父さんの言葉を信じて待っていたときは、たしかにつらかったけど……、今はもう、大丈夫だからっ。大河くんに居場所を与えてもらう必要なんてない」

「大丈夫って泣きながら言われても説得力ないよ。――それにさ」

トーンが急に落ちて、ぞくりと寒気を覚える。

「オレの言うこときかないと、あとから後悔する羽目になると思うけど……いーの？」

その声が耳元で響けば、嫌な記憶が強引に呼び覚まされる。

大河くんとは、この街――帝区に越してきた日が同じで、さらにクラスまで一緒になった。

世間から浮いた無秩序な街では、初めはお互いが心強い存在だった。

生活に慣れたあとは、それなりに仲の良い友達ができては転校していって、また新しい友達ができて、の繰り返し。

初めから離れることがわかっているから、所詮は表面だけの付き合いでしかなく。

そういう割り切った関係が普通だったのと、世間一般と比べてみんなが恋愛に早熟だったのとで、中二にあがった頃にはクラスメイトのほとんどに恋人がいる、もしくは、そういう遊び相手がいるという状況だった。

教室の隅で目立たずにひっそりと生きていたわたしは、もちろん無縁だったけれど……。

『ね、安斉。オレたちも付き合おうよ』

ある日突然。

中二ではクラスが離れた大河くんと、たまたま廊下ですれ違ってあいさつを交わしたついでにそう言われたのだ。

本当に「ついで」という感じ。脈絡のなさすぎる話に、なんの冗談かとぽかんとしたのを覚えている。

恋もよくわかっていなかったわたしは『無理だよ〜』と、そのときは笑って答えたのだけど。

次の日、クラスメイトの女の子が、他クラスの複数の男の子に無理やり襲われるという事件が起きた。

その子はわたしと同じように隅のほうでおとなしく過ごしているタイプで、彼氏も遊び相手もいなかった。

だから狙われた……とみんなが口を揃えていて。

『オレと付き合ってる、ってことにしといたら安心でしょ。断る選択肢なくない？』

そのとき、一時の恐怖に煽られはしたものの、わたしは断った。

――だけど、その数日後。

あろうことか、本当にわたしがターゲットにされてしまったのだ。

空き教室に無理やり連れ込まれそうになったところを、間一髪で大河くんが助けてくれた。

そして、わたしを庇った大河くんは、大怪我を負ってしまい。

『安斉のこと諦めきれない。オレと付き合って。ずっとそばにいてよ』

わたしは、怪我をさせてしまった負い目から――うなずいてしまった。

そのことをずっと……ずっと後悔している。

当時からみんなの噂の的だった松葉千広くんと、くじ引きで隣の席になったのは同日、五限目のホームルームでの出来事だった――。

あと少しタイミングが違えば。

千広くんと出会ったのが、あと少し早かったら。

違う未来が待ってたかもしれない……なんて、今さら。

「ごめんなさい、大河くんとは付き合えないよ……好きな人がいる、から」

大河くんの胸板を押し返しながら、かろうじて声が出た。

ああ……。中学のときも、こういう風に言えればよかったのに。

ぽたり、もう何度目かわからない涙が落ちていく。

「──好きな人？　まさか黒帝の幹部の誰かとは言わないよな」

「っ、」

「……は？　おい、まさか──」

びく、と体が縮こまった。

千広くんへの気持ちは誰にも教えたことはない。

大河くんだけには、知られてはいけない。

痛いくらいに心臓が脈を打つ。

息もできないような嫌な空気の中、沈黙を破ったのは、わたしでも、大河くんでもなかった。

「……あやる、」

血液がさっと引いて、全身が強張った。

──千広くん。

さっき人に呼ばれて行ったはずじゃ……。

「絹はどうした」

あくまでわたしだけを見て、少し先の廊下からわたしに問いかける。

大河くんは腕の力を緩めてくれない。

……声が出せなかった。

「……なんで泣いてんの」

「っ、ち、」

答えようとすれば、大河くんは脅すように手首を強く掴んでくる。

「この子が泣いてるの、お前のせいだよ松葉」

千広くんの視線が、ゆっくりとわたしの隣にスライドした。

「黒帝のＱＵＥＥＮなんかやりたくない。早くここから逃げたいって、オレに泣きついてきたんだからさ」

愕然とする。

そんなこと言ってない。

すぐさま誤解を解こうとしたけれど、千広くんの視線が興味なさげに離れていくのを見て、出かかった言葉は喉の奥に沈んでいく。

「心配しなくてもお前の〝元カノ〟には手出さねえよ」

静かすぎる声に、こちらも一瞬で冷静になった。

千広くんにとってのわたしは元クラスメイトでも友達でもなく、白石大河くんの元カノ。

ほんと……何度思い知らされればいいんだろう。

「ただし今はウチのQUEENだ。その間は好きにさせてもらう」

次の瞬間、大河くんが千広くんの胸倉を乱暴に掴んだ。

「松葉……お前昔からほんっと最低だね。さすがあの忌々《いまいま》しい家の息子なだけある」

「大河くんやめてっ」

わたしの制する声は届かない。

千広くんは瞬きひとつせず、冷たい目で相手を見据えていた。

「おーっと、なんだなんだ。修羅場か？」

唐突に笑い声が空気を裂いた。

おもしろがるように弾んだそれはあまりにも場違いだったけれど、おかげで大河くんの気が逸れて安堵する。

バルコニーからようやく戻ってきた絹くんからは微かに煙の匂いがした。

彼は上から下までじっくり大河くんを観察したのち、にやりと口角をあげる。

「この建物のセキュリティ突破できる人間そうそういねーのよ。すごいなあ、あんた」

「……お褒めに預かり光栄ですよ。伍ノ席ACEの伊織絹くん」

あれ、知り合い……？　大河くんは中学卒業間近に帝区を離れたから、絹くんと面識はないはずだけど……。

「なるほど、おれたち幹部のことも調査済みなわけか。知ってのとおりうちは伝統を大事にする〝素敵な〟組織だからな〜。反乱軍は間違いなく潰されるぜ？」

「忠告どうも。そんな口をたたいてられるのも今のうちだけど……ね」

反乱軍……？

いったい、なんの話……。

「じゃあね、安斉。オレが絶対助けてあげる。学校は違うけど……そのうちまた会えると思うから」

置いてけぼりをくらっているうちに、大河くんは背を向けてしまう。

なにも言葉を返せないまま、その姿は暗い非常階段へと消えてしまった。

「ついて行かなくていいのかよ」

抑揚《よくよう》のない声が落ちてくる。

「お前、黒帝《ここ》から逃げたいんだろ」

こういうとき、とっさに笑顔を作ってしまうのはどうしてだろう。

「でも、QUEEN投げ出したら罰せられるし、怖いし、しょうがない、だから……」

本音と全く別のことを言ってしまうのは、本当に、どうして——。

「千広！　侵入者見つかったか⁉」

廊下の奥から慌ただしい足音が聞こえてきたかと思えば、瞬く間に数人の男性たちに囲まれる。

夜会に出席していた人たち。その中でも比較的若い面々だった。

おそらく黒帝会の人間……ＢＬＡＣＫのＯＢだと思う。

侵入者……って、まさか。

「──いや。逃げられた」

「ばっか、殺してでも連れて来いって言われただろうが！」

ＯＢのひとりが怒鳴った。

もしかしなくても大河くんのことだ。

千広くんは、大河くんのことを殺してでも連れて来るよう命令されていた？

だけどさっきの千広くんの行動からして、〝逃げられた〟んじゃなくて……。

「どーすんだよ！　ミスったらどんな仕打ちが待ってるかわかんねえ。……おい聞いてんのか千広！」

別のもうひとりが声を荒げる。

「くだんねえことでいちいち頭に血のぼらせてんじゃねえよ」

対照的な冷たい千広くんの声に、相手がびくりと肩を震わせた。

「折檻《せっかん》が怖いならその辺歩いてる人間テキトウに捕まえて持っていくなりしろ。小細工は得意だろ」

場が水を打ったように静まり返る。

関係ないわたしまでもが、その冷静さにはっとさせられた。

千広くんのことがここにいる誰よりも大人に見えたし、同時に恐ろしくも思えた。

〝さすが松葉家の息子〟。

……皮肉のきいたあの言葉が、よりにもよってここで頭をよぎる。

残忍な思考も躊躇いのない口ぶりも。

彼は松葉家の血を色濃く受け継いでいるんだと示唆しているようで、目を逸らしたくなった。

「……。千広、そいつの形《ナリ》、ちらっとでも見えたか？」

「いや」

「絹はどうだ」

「……おれもなーんにも見えなかったっすね～。モニター室の映像チェックしてみたらどうです？」

シラを切りとおすふたりに、周りは諦めたように去っていく。

やがてこの階の廊下からひと気がなくなったところで。

「なあんつって。相手は徹底的にうちのセキュリティ避けて侵入してたし、映像解析とかそもそも不可能なんだよな」

絹くんが、どこか楽しげに唇をぺろりと舐めた。

「千広くんが〝逃がす〟なんて前代未聞すぎて、ついおれも話を合わせちゃったけど。侵入者、千広くんのトモダチ、なわけねえよな。……と、すると」

その視界に自分が収まった瞬間、どく、と心臓が嫌な音を立てた。

「絹。余計な詮索するな」

「えー、おれは幹部の一員として尋ねてんのよ。敵に情けをかけるのは仲間への裏切りだ。千広くんが一番よくわかってるだろ」

敵。裏切り。

その言葉が重たくのしかかる。

万が一これが原因で周囲の千広くんへの信用が損なわれてしまったら……。

「ごめんなさい、わたしがいたから千広くんも、その……」

「お前、あの男とずっと繋がってたのか」

「中学卒業してから今まで、連絡を取り合ったりしてたのかって聞いてる」

「え？」

今、ここでその質問……？

と、一瞬でも疑問に思ったのが恥ずかしい。

今までずっと大河くんと繋がっていた、イコール、わたしも黒帝の敵側の人間、
ということになり得るんだから、その可能性を疑うのは当然だ。

「連絡は一切とってなかったよ、っ。今日、さっき二年ぶりに連絡がきて……。で
もまさか大河くんが会場に来るなんて思ってなくて、全然知らなくて……。信じて
もらえないかもしれない、けど」

「…………」

「ご、ごめんなさい……。必要なら連絡履歴も全部見ていいよ」

焦りながらスマホを取り出そうとすれば、冷たい手に阻止される。

「もういい、わかった。……帰るぞ」

あれ……宴会は？

侵入者騒ぎでそれどころじゃなくて中止になったのかな。

それより、千広くんはわたしが本気で黒帝から逃げたがってるって思ってるよね。

誤解を解きたいけど、どう考えてもタイミングを逃しちゃったし、今本当のことを言っても逆に言い訳っぽく聞こえるかも……。

そもそも大河くんは、なにが目的でここに来たんだろう。

昔から黒帝のことを憎んでいたのは知ってるけど、わざわざ戻ってくるってことは……。

嫌な予感しかしない。

大河くんの言うことは世間一般から見ればだいたい正しいけれど、その意思を貫くため、知らしめるためには手段を選ばないところがある。

目的のためには平気で人を騙すし、時には物理的に人を傷つけることだって……。

黒帝はお金とかの目に見える利益のために周りを支配するけれど、大河くんは己の承認のために周りを支配したがる。

黒帝を憎むのは正義感からじゃなく、自分以外が世界の中心にいることが許せないとか、そういう類の感情から生まれているように思う。

なんにせよわたしは千広くんに不信感を抱かせてしまった。

どうすれば。なんて言えば。

……こうやっていつも考えすぎなくらい考えた挙句、なにひとつ言葉にできないまま終わってしまう。

自分が居場所をなくす理由が改めてわかった気がした。

＊

「絹さん、お帰りなさい！　お疲れ様でした！　……モブ子先輩も」

戻ってきた幹部室で、絹くんとわたしは通常運転な開吏くんに迎えられた。

千広くんは、学校に着いたあとすぐにどこかへ出かけてしまった。

「早かったですね。宴会には参加しなかったんですか？」

「んあ〜中止になった」

「えっまじですか。なんで？」

「なんか侵入者が現れてー、そいつを捕まえられんくて上層部がカンカンになってー。んで、面倒だからおれたちは逃げ帰ってきた感じ」

「やっぱ。その侵入者、あの建物から逃げきれるほどやり手なんですか⁉」

「やり手ってゆーか、千広くんと対面しても一切怯まない感じ……むしろ余裕そうにしてる感じは気味悪かったな」

そう言いながら、絹くんはソファにどかっと腰を下ろした。

「余裕ぶってただけですよそいつ」

「んー。そーねえ。内心ビビり散らかしてたかもしんねえけど、自分に危害が及ぶことはないって謎に確信あったっぽいんだよな。実際、千広くんはそいつに手を出さなかったし」

「な……っ。そんなことある⁉　ですか？」

「そんなことあったからびっくりしたんだわ。なあ？　安斉サン」

開吏くんの目がすぐさまわたしに向く。

「あ……、はい、えと、」

「モブ子先輩は口挟まないでくださいよ、関係ないでしょ」

「ご、ごめんなさい」

呼びかけに応えただけなのになんて理不尽な……。

と突っ込む元気もなく、ひたすらうつむいて場をやり過ごそうとしたものの。

「いやそれがその侵入者、安斉サンと千広くんと面識ある風だったんで、実のところどうなんですかねって」

「……は？　えーと、は？」

開吏くんのわたしを見る目がますます訝しげになる。

言葉に詰まった。

返答次第では容赦してくれなさそう……。

ここで言葉を濁すのはたぶん得策じゃない。

「じ、つは中学生のときに、その侵入者の人と、付き合っていて、わたしが」

「えっえっ待って。モブ子先輩にも男いたことあるんですか⁉」

「開吏。一旦黙って聞け」

「だってモブ子先輩は処女なんですよね？　断固としてやらせなかったってこと？」

「開吏。デリカシー」

開吏くんがしぶしぶ口をつぐんだのを確認して、絹くんが視線で先を促してくる。

「もうご存じのとおり、わたしと千広くんは中学の頃同じクラスだったことがあるので、その繋がりで、千広くんも彼のことを知っていたんだと思います」

「…………」

「正直、千広くんがなにを思ってさっき彼を逃がしたのかは、わたしにもわからなくて……。ひょっとしたら、わたしが傷つくと思って情けをかけてくれたのかもしれないし……。あの場にわたしがいたからこんな事態になったのかもしれないです、すみません」

語尾が消え入りそうになりながらもなんとか言い切った。

開吏くんがそわそわと絹くんを見つめる。

どうやら喋る許可が出るのを待っているらしい。

隣からのアピールを無視して、絹くんはゆっくりと口を開いた。

「なるほどな。千広くんの判断は疑問だったけど、べつにただで逃がしたわけじゃないと思うぜ。あいつに襟元ひっ掴まれてたとき、千広くんが盗聴器しれっと仕込んでるの見えたし。GPS付きのやつ」

「っえ」

そうだったんだ。

全然気づかなかった……。

「なんにせよ安斉サンが負い目を感じる必要はないんじゃね? 千広くんは情で動くタイプじゃねえもん。あんたの元彼をわざと泳がせてるって考えんのが妥当だろ」

そうなのかな。

そうだったら少しは気が楽になる。

わたしの存在が本来とるべき行動の妨《さまた》げになるのだとしたら、申し訳なさすぎて息もできない。

カチ、とライターに火をつける音がした。

「んで。開吏はなんか言いたいことあるか?」

「……モブ子先輩の元彼って、本当に元彼ですか?」

意味をかみ砕くまで少し時間がかかった。

「実は今も付き合ってたりして。そうだとしたら大問題ですよね。うちのQUEENが黒帝を貶めようとしてる奴の彼女とか。つーか〝元〟でもふつーにアウト」

「……おい開吏」

「ほら、図星だからなんにも言えないんだ。千広さんのためを思うなら出ていったほうが――」

「開吏！」

突然の怒号にびくりとする。

「この子は千広くんが選んだ女だ。口のきき方に気をつけろ」

その言葉は白い煙を纏いながら、ナイフのように鋭く空気を裂いた。

「わかってるよ。オレは所詮、黒土絢人の穴埋めでしかないし？　こんなこと言える立場じゃないし、なんならオレのほうがＢＬＡＣＫのお荷物だよね」

「……そういう話じゃねえだろ」

「いいよね絹さんは、強くてうらやましい。例えＢＬＡＣＫがなくなってもすぐ新しい居場所を自分で作っていけそうだし。でもオレにはここしかない……。絶対に壊されたくない、千広さんが与えてくれた大事な場所だもん邪魔する奴は全員死ね、でも壊されたって平気なくらい強くなんなきゃこの世界じゃ生きてけないし、オレは」

「開吏。冷静になれねえなら一旦部屋を出ろ」

一度はいたたまれなくなって目を逸らしてしまったけれど、気づいたら、力なくうなだれる開吏くんの手をとっていた。

「ごめんね開吏くん、不安な思いをさせて」

「……離してください」

「ごめん、でも千広くんの大事なものは、わたしも大事にしたいって思ってる。本当だよ、一緒にするなって思うだろうけど、わたしも千広くんが大事だから。……それだけは、知っててほしい、です」

口にしたあと自分で驚く。

いつもは頭の中に文字を並べてから慎重にそれを口にするのに、こんなにすらすらと……。

我に返ったとたん、どっと汗が噴き出してくる。

今、間違いなく余計なことを言った。

だけど……間違いなくわたしの本心だった。

自暴自棄になるほどの孤独をわたしも知っている。

居場所を失うのは怖い、大事な人から必要とされないのは怖い。

だからと言って、知ったような口をきいていいわけじゃない。

「い、いきなり掴んでごめんなさい……」

震える指先をおそるおそる離そうとしたとき、

「……ううん」

だらりと下がっていた手に、少しだけ力がこもり。

「ありがとう、……あやる先輩」

そう微かな響きを残して、体温が離れていった。

「絹さんも、怒ってくれてありがと……ごめんなさい」

開吏くんの背中が扉の奥に消えると、入れ替わるようにして後ろから声が飛んできた。

「あは、相変わらずジェットコースターみたいな情緒してるね～開吏クン」

振り向いた先に立っていたのは、さっきまでいなかったはずの冽くん。

「うわ、どっから湧いてきた？」

「虫けらみたいな扱いやめて。奥の部屋で薬作ってたらなんか盛り上がってる感じだったから気になって来ちゃった～」

「来ちゃった～、じゃねーよ。あの薬草くっせえ部屋にとっとと帰れ」

「話は聞かせてもらったぞ～。まさか、るーちゃんに元彼がいたなんて妬《や》けすぎて
そいつ殺しちゃいたい」

抱きつかれそうになったのを、とっさに避ける。

「やっぱつれないねー。だがそーゆーとこもよい」

「はあ、どうも」

「出た～。るーちゃんのどうも！」

なにがおもしろいのか。くすくす笑われてぽかんとする。

「冽くん、今のおれたちにそのテンションはきついて。てかほんとに話聞いてたあ？

笑顔で空気ぶち壊してくれちゃって」

「ところで肝心の千広クンはどこ？　さみしい！　夜会一緒に行ったんでしょ？」

やれやれというように絹くんがため息を落とした。

「悪い安斉サン。冽くんは薬作ってるとき、いつも以上にテンションがバカになんのよ。見てのとおりまともに会話もできない」

「ええっ」
それって大丈夫なのかな。いろんな意味で……。
「冽くんの名誉のために一応言うと、別にヤバい薬じゃねーよ？　ぜんぜん合法。
ただ重度な薬草オタクってだけ」
「薬草オタク……」
初めて聞いた……。
手作りの精力剤（のようなもの）を無理やり飲まされた身としては、〝ヤバくない〟
と言われても正直信じがたいけど。
よく考えれば、薬を作れるってかなりすごい。
膨大な知識と経験と技術がないとできないことだと思う。
「ね～僕はなんと言われようと構わないけど、ほんとに千広クンどこ？　新作の薬
を見てほしくてずっと待ってたんだけど」
かわいそうだから代わりに答えてあげたいけれど、千広くんがどこにいるのか、
わたしも知らないのだ。
黒帝に帰り着くなり、絹くんになにかを耳打ちしてどこかへ行ってしまった。

「うるせーからもう行こーぜ。安斉サン」

「あ、はい……」

つい勢いでうなずいてしまう。

肩を抱かれてハッとした。

「つえと、行くってどこに……」

「ベッドルーム」

見上げた先には——にやりと笑う顔があった。

劣情

どうしようどうしようどうしよう。

ついにこのときが。

ＱＵＥＥＮに選ばれたからには逃れられない運命だと初日に覚悟は決めてたつもりだけど、千広くんに助けてもらったりして、なんだかんだ無事にやりすごしてきてたから、ちょっと安心しきっていたというか。

いきなりこの展開は、あまりに酷すぎるのでは……！

というかそもそも、どうして〝今〟？

夜会の件で疲れて帰ってきて、さっきは開吏くんとの一件もあって。

どう考えてもそういう流れではないような。

そういえば、前にヒナタちゃんが『男の人は疲れてるときに〝そういう〟欲求が急に湧いてくる』みたいなことを言ってた気がする。

なんか、疲れてるときに男性ホルモンや神経伝達物質が大量に分泌されるからだとかなんとか……。

いやいや、そのプロセスはどうでもいいよ。

逆に今まで無事だったことが奇跡に近いんだから、もう甘んじて受け入れるしかない。

でも……やっぱり、千広くんがよかったな。

言える立場じゃないよね。

という風に、頭は絶望によってフル稼働、ショート寸前だった、のだけど。


「な？　ベッドルーム、だろ？」

一分後、わたしは目の前の光景を見てぽかんとしていた。

絹くんに案内された部屋の奥に見えるのは、たしかにベッドである。

ひとりどころか、四、五人は並んで寝られるような大きな大きなベッドである。

だけど。

「ここ、千広くんの部屋じゃ……」

わたしはここに来たことがある。

というかこの前もここで千広くんと一緒に……。

「そう。今まで安斉サン以外のQUEENもどきは、誰ひとりとして入ったことがないKINGの部屋」

「……えっと、どうしてここ、に」

「安斉サンてさ、QUEENになってから一回も家に帰ってないよな」

「へ」

噛み合わない会話に首を傾げると同時に、自分の表情がひきつるのがわかった。

「おれたちから逃れるために、授業に出たいとは言うのに、帰りたいとは言わなかったし」

「っ！」

「帰りたくねーの？　家にいんのはBLACK《ここ》にいるよりも苦痛？」

ひゅ、と息をのむ。

帰る場所はある。帝区のアパートの一室。

わたし以外誰も帰ってくることはない、がらんとした空虚な部屋。

「悪い。そんな表情させせようと思って言ったわけじゃねーよ。詮索する意図もない。ただ……」

そう零した絹くんが、そっと瞼を伏せた。

「安斉サンも、おれたちと同じなんかなー……と」

わたしが、絹くんたちと同じ？

って、どういう意味……？

「さっき開吏が、おれのこと強いとかナントカ言ってたろ」

「あ……うん」

たしか、絹くんは強いからうらやましいって。

BLACKがなくなっても生きていけるからって。

「強い人間は煙草なんかやんねーよ。なにか依存するものがないと生きられねえ奴が強いわけねえだろ」

「………」

「おれたちは開吏より年上だから、孤独なあの子のお兄ちゃんでいなきゃなーって。

見栄張って必死に年上であろうとしてるだけ」

それって、まるで家族みたいな……。

「絹くん、意外とBLACKのこと大事にしてるんだね」

「っはは、そう解釈しちゃう？」

「う、え、そういう風にしか聞こえなかったんですけど、違いましたか……」

「要するに。ここにいる奴ら全員孤独でかわいそうってことだよ」

絹くんにまとめられた全員の中に、たった今わたしも入った、らしい。

「開吏は親に捨てられた。っていうか、事故に見せかけて殺されかけた。その親は金の力で罪を揉み消して今ものうのうと生きてる」

「っ、え……」

「冽くんは祖父とふたり暮らしだった。その祖父は数年前、違法薬物所持の罪をなすりつけられて、そのまま獄死。薬草好きの変人だと近所から疎《うと》まれてた奴の孫を、誰も引き取りはしなかった」

「……──」

言葉が出なかった。

心が鉛をのんだかのように重く、呼吸すらままならないような。

「そんな環境で生きてきて人を信じられるわけないだろ。大事にしたいって心では思ってても行動は伴わない。裏切られる前に自分から手を切って、裏切られなくてよかった、って安心する」

「……絹くん、」

すると突然、我に返ったようにこちらを見て。

「……──だから～さっき安斉サンの〝大事にしたい〟って言葉？　そういうあったけ～心のうちを誰かの口から聞いたの初めて。何年もこの街にいて恥ずかしげもなく口にできるの、まーじで強いなあんた」

思い出したようにくつくつ笑われて、かあっと熱くなる。

褒められているのか貶されているのか。

どっちとも判別つかず、とりあえず「どうも……」と返事をすれば、さらに笑われた。

「〝大事にしたいって思ってる。本当だよ〟……はは、漫画の名ゼリフみてえ」

「～っ、え、え！　もしかして結局わたしをバカにしたかっただけ……だったり」

「あは、バレたか」

「なっ！　こっちは真剣に聞いてたのに」

「真顔保つのしんどかった～、開吏もまんまと絆されちゃってかわいかったし。あー思い出したら笑える、笑いすぎて涙出そー……」

ついには手のひらで目元を覆ってしまった絹くん。

指の隙間から本当に涙が光って見えてびっくりする。

わ、わたしの行動、そんなにおかしかった……っ⁉

「ごめんだけど、無意識にぽろっと本音飛び出ちゃった感じだから、絹くんには忘れてもらえるとありがたいよ～……」

「忘れられるわけなくね、一生ネタにして笑えるんだが」

「ひい……」

もしかして、この部屋に入ってからのセリフは全部演技だったってこと？

だとしたらタチが悪すぎる……けど。

──全部が嘘には、見えなかったな。

いずれにせよ本心は絹くんの中に必ず存在するわけだから、わたしが真偽を確かめる必要はない。

開吏くんや洌くんの生い立ちも事実かどうかはさておき。

絹くん自身はどんな過去を背負って生きてきたんだろう……。

シャツの袖口から覗く黒百合を見て、ぼんやりとそんなことを考えた。

「ところで、ようやく本題です安斉サン」

約一分ほど経った頃。

本当にようやく顔を見せてくれた絹くんが、またにやりと悪い顔をする。

はっ。そうだった、わたし今から――。

「千広くんからの伝言。〝俺は今日戻らねーから部屋貸してやる。ちゃんとベッドで休め〟」

「……へ？」

「へ。じゃなくて、そんまんまの意味。風呂もついてるし、着替えもパジャマもある」

ほれ、とどこからともなく取り出されたのは、ワンピースタイプのもこもこパジャマ……、と、袋に入った状態の新品の下着。
こ、こんなものを平然と差し出さないでほしい……っ。
ていうか、このワンピースパジャマ、相変わらず露出が多い。
下着も透け透けとまではいかないけど、布の面積少ないよ。
でもまあ、千広くんが戻らないなら見られることもないし、いいのかなあ。
こんな夜中に家に帰るっていうのも、正直怖いし……。
「ど、どうも……」
色々と葛藤したのち、受け取ってしまった。
そのとき気づくべきだった。
絹くんが部屋を出ていく最後の瞬間まで悪い顔をしていたことに。
『千広くんからの伝言。〝俺は今日戻らねーから部屋貸してやる〟』
悪い顔をしている……つまり嘘をついている。
「……は？　……、お前なんで……」
帰ってくるはずのない千広くんと対面したのは、午前二時過ぎ、シャワールームを出た直後だった。

きっと疲れすぎて幻を見てるんだ、と瞬きしてみても目の前の景色が変わることはなく。

「…………」

「…………」

お風呂場で出くわすこの流れ、ついこの前も経験したような。

「千広くん、今日は戻らないんじゃ……」

「は？」

「えっ、だって絹くんにそう言われて……。千広くんは今日は戻らないから、わたしは千広くんの部屋で寝ていいって……」

「……あいつ」

千広くんが眉をひそめる。

「もしかして伝言の内容違ってた？　ごめんっ、わたし出て行くよ」

「いい。ここにいろ」

「でも」

「そんな格好で部屋の外うろつかれたら困る」

「っ……」

言われてみればそのとおり。

だけど、出て行くとなればちゃんと制服に着替え直すし……。

と、喉まで出かかったセリフは相手の圧によってなかったことにされた。

千広くんの言うことは絶対なのである。

「風呂入ってくる。お前はさっさと寝ろ」

優しいとも冷たいともつかない声を受け、ぎこちなくうなずく。

千広くん、本当は部屋にわたしがいるの嫌なんじゃないかな。

侵入者の件もあって気まずいだろうし……。

『うちのＱＵＥＥＮが黒帝を貶めようとしてる奴の彼女とか。つーか〝元〟でもふつーにアウト』

開吏くんの言葉が頭をよぎる。

勢いに任せてつい口走ってしまった、という感じではあったけど、言ってることは全然間違ってない。

「千広くんは、わたしがそばにいて嫌な気持ちにならない？」

「……なんだいきなり」

振り向いた瞳には、相変わらずなんの色も浮かんでいなかった。

「過去のことだけど、わたしは大河くんと繋がりがあったわけだし」

「どうでもいい。今さらなんとも思わねえよ。言っただろ、お前がＱＵＥＥＮの間は好きにさせてもらうって」

「……そっか」

なんとも思わない。

それが本心なら、よかった。

よかったはずなのに、その返答にうまく喜べない自分がいる。なんの感情も向けられないことが、嫌われるよりもつらく思えてしまった。

あとに続く言葉はなにも出ず。千広くんも会話を続ける気はなかったようで、そのまま脱衣室へ行ってしまう。

怖いくらい静かで冷静な様は普段と変わりないけれど、どこか深く考え込んでいるようにも見えた。

夜会から一度学校に戻ってきたあと、ひとりでどこに行っていたのか、なにをしていたのか。

大河くんに盗聴器を仕込んでいたというけれど、果たして彼の目的や居場所は掴めたのか。

絹くんに頼んだ伝言の、本当の内容はなんだったのか。

尋ねることができなかった疑問が頭を渦巻いて、やがて急にどっと疲れに変わる。

気を抜けば次の瞬間にでも眠気に引きずり込まれそう。

ドライヤーしなきゃ。でもタオルでしっかり拭いてある程度乾いてるから、今日くらいはこのまま寝てもいいかな……。

すぐそばのベッドに目を落とす。

いやせめて、邪魔にならないところで眠ろう。

なんとか頭を巡らせて、部屋の隅にあったソファまで移動する。

横になった瞬間、意識はすとんと落ちていった。

＊

「……――」

ふわりと体の浮く感覚がして、深い眠りからゆっくりと引き戻される。

なんか今、声が聞こえたような……。

誰か近くにいる……？

開いた瞼の先、見えるのは薄暗い空間。

まだ半分は夢の中。でも、あそこで薄く光るオレンジの灯りは見覚えがある、ような。

ぼうっと考える中で、ふと、ムスクの香りがほんのりと鼻をかすめて。

直後、意識がいっきに覚醒した。

「っ、千……」

反射的に声が出て、しまったと思う。

「……悪い。起こすつもりはなかった」

「……、……」

やっぱり千広くんだ。

目が闇に慣れないせいで輪郭は捉えられないけれど、間違いなく千広くん。

この浮遊感といい、自分の体勢といい……。

わたしは、抱えられて……いる。

「お前さ、ほんと」

低い声にびくっとした。

なんか……怒ってる？

「勝手にソファなんかで寝てんじゃねえよ」

「っ、ごめ」

「いなくなったかと思って焦るだろ……」

言葉のとおり、たしかに焦りをはらんだ声に。

心臓がおかしな音を立てた。

それから、千広くんの体温が触れている部分に熱が移動する。

脚と、背中……。

だけじゃない。

いわゆるお姫様抱っこの状態で、体が密着して……。

「〜、お、下ろして、っ」

足をつこうとジタバタすれば、ぎゅっと抱え直される。

なんてこと、逆効果。

「下ろしてっ、重いから……！」

「暴れるな。余計重い」

「う、うぅ……」

返す言葉もなく、おとなしく抱かれること数秒間。

暴れ狂う心音が聞こえてないか、ハラハラしたままベッドに下ろされた。

わたしを下ろした本人は、はあ、とため息をひとつ零してベッドを離れようとする。

「？　……どこ行くの、寝ないの？」

「寝る」

「えっ、でもベッドここだよ……？」

「お前がひとりで使えよ」

千広くんがソファで眠るってこと？

わたしに気を遣って？

ベッドに運んでくれたから、てっきり一緒に眠れるんだと思って……。

心臓が持つわけないのは承知で、ちょっと期待した、なんて言えるわけないけど。

「でもここは千広くんの部屋なんだから、部屋の主を差し置いてひとりで使うのはちょっと」

それに、わたしなんかより千広くんのほうがよっぽど疲れてるんだから、きちんと休める場所でしっかり休んでほしい。

……と、そんな言い分を無視されて、ついベッドから乗り出してしまう。

「このベッド広いし、ふたりで寝てもスペース余裕だし……千広くんもここで寝ようよ」

口にしたあとでハッする。

今の発言、軽いって思われたかも。

男の人に慣れてるから、こういうことを平気で言うって思われたらどうしよう。

勘違いされたくない……っ。

「だ、誰とでもこういうことができるわけじゃなくてねっ、千広くんだから大丈夫というか……中学から知ってる人だし、その……」

パニックで早口になって、なんとも言い訳くさくなってしまう。

動揺してるのが丸わかりで恥ずかしいけど、やっぱり、好きな人には誤解されたくないから……。

「だから、わたしのことはお気遣いなくここで寝……――ひゃっ？」

手首を掴まれた。

かと思えば、次の瞬間には、体が仰向けに――組み敷かれていた。

まるでベッドに縫いつけられているみたいに、体はびくとも動かない。

自分の鼓動が大ボリュームで響いて。

そして、別に求めてないタイミングで目が暗闇に慣れてくる。

わたしを見おろす千広くんは、どうやら怒っているみたいだった。

「なにが〝大丈夫〟だ。ぬるい頭してんじゃねえよ」

「……、っ」

「昔からの知り合いだから襲われるわけない……とか、お前本気で思ってんの」

そういう風に捉えられてしまった……んだ。

ショックですぐには言葉が出てこなかった。

「疲れてるからそーいう気力もねえと思ったか？」

「っ、違う、」

「例え怪我してようが病気してようが腕一本あれば、俺はお前をどうにでもできんだよ」

怒りをはらんだ声で、嫌ってくらいわからせてくる。

でも、そんなの言われなくてもとっくにわかってる。

千広くんはわたしをどうにでもできる。

腕なんか使わなくたってどうにでもできる。

言葉ひとつで、視線ひとつで、いつもわたしの心をぐちゃぐちゃにするから。

「わかってるもん……千広くんのバカ！」

ちっとも冷静じゃいられなくなったわたしは、気づいたら感情のままにとんでもない言葉をぶつけていた。

同時に涙がぽろりと流れた。

「わかってるけど、っ、千広くんにならもしなにかされてもいいって思ったから、言ったんだもん……」

あとのことを考える余裕もない。

ストッパーが外れたみたいに、勝手に気持ちが飛び出ていく。

「QUEENになったときも、どうしてもしなきゃいけないなら、相手は千広くんがいい、ってわたしが言ったの覚えてないっ？　誰でもいいわけないじゃん」

「……あやる、」

「ただ一緒に眠りたかっただけなのに……なんで怒るの……」

頭のどこかで、止まれって必死に叫んでる自分がいる。

文脈もめちゃくちゃで、言ってることも意味わかんないし、こんなの、千広くんに迷惑なのに……。

返事が怖くてもう目を見ることはできなかった。

このあとのことは想像がつく。

空気がしらけて。

気を悪くした千広くんはため息をついて、最悪、部屋を出ていってしまうかも。

そう思った直後、案の定落ちてきたため息に胸がずきっと抉られる。

「……――」

ぼそっと落とされたつぶやきは聞き取れず。

「な……に？」

思わず聞き返して……しまった。

「……なんも言ってねえよ」

「お前、俺に〝なにされてもいい〟って言ったな」

「うそだ、今なんか」

「え……」

「だったら……なにしても文句言うなよ」

どういう意味だろうと考えたのが先か、闇に慣れたはずの視界が、再び暗くなったのが先か。

静かに、吐息を封じられた。

「……っ、……」

わたしを拘束していた手が輪郭をなぞるように進んで、指先に絡む。

体中の血液が、ぐわっと沸き立った。

「ちひろ……、ん、っ」

とまどいはすぐに甘い熱に支配される。

触れていたのはほんの一瞬だったけれど、離れたあとも、唇には体温がずっと残ったまま――。

まるで夢心地のふわふわした頭とは対照的に、鼓動は耳元ではっきり聞こえる。

現実だ……。

どうしてか、本当にどうしてかわからないけど、千広くんにキスされた……。

動揺のあまり目が回った。

唇と唇が触れ合ったことを改めて実感したときには、千広くんはとっくにわたしから離れていて。

「もう寝ろ。明日も授業出るんだろ」

「……、……う、ん」

次の瞬間、ピ、と音がして部屋が真っ暗になった。

ベッドの向かい側で千広くんが横になる気配がしたので、わたしもとりあえず目をつぶってみる。

当然穏やかに休めるはずもなく、頭は疑問符で埋め尽くされる。

考えに考えた結果、わたしがあまりにうるさく面倒だったので物理的に黙らせたのかもしれないと思って。というか、もう、それ以外ありえないと思った。

……それにしても、だよ。

「このタイミングでキスするの、ずるいよ……」

大河くんと付き合っていたときだって、そういう流れになっても、いつも千広くんが頭をよぎってできなかった。それで大河くんにキレられたこともあったけど、

「わたしにはまだ早いから」と必死に避けてきた。

おかげで「鋼のテイソウ観念」だとか言われて。

それでも……。

大事にとっててよかった……。

「……っ」

不意にぽろっと涙が溢れる。

好きな人じゃないとしたくないからという理由だったけど、好きな人にしてもらえるなんて思ってなかった。

たとえ気持ちなんてなくても……うれしい。

ずっと誰にも言えなかった想いが、初めて報われた気がしたから。

女帝

「……ちゃん、……るーちゃーん」

眩しい光に紛れて、誰かの声が聞こえた。

この声……、わたしをこういう風に呼ぶ人は、ええっと～……。

まだ気だるい頭で考える。

「るーちゃん、授業行かないの？　じゅ、ぎょ、う」

ジュギョー……？

じゅぎょう……。

「っ、授業……っ！」

カッと目を見開いた。

「わお～」

と大げさに仰け反るのは今屋敷冽くん。

……って、冽くん⁉

ここは千広くんの――KINGの部屋だよね。

なんでいるの？

ていうか千広くんはどこに……。

「残念。このまま起きなかったらチューしちゃおっかなーって思ってたのに」

にこ～と微笑みながら、人差し指をわたしの唇に添える冽くん。

ぽわん、と思い起こされるのは真夜中の出来事。

「……っ、う」

「あれれ、お顔が真っ赤だね？」

「あ、はは、そんなことはない～。それより千広くんはどこに……」

「こーんな格好のるーちゃんが同じベッドにいたなんて、千広クンもタイヘンだったろうね……」

うーん、話が噛み合わない……。

わたしは質問してるのに。もしかして、あれかな。

昨日、わたしたちが千広くんの居場所を教えなかった当てつけ？

でもあれは絹くんが悪いんだよ。

居場所知ってるっぽかったのに、わたしにも教えてくれなくて……。

「ね、るーちゃん。授業行く前に僕ともう一回戦しちゃお」

突然、パジャマのすそを掴まれてびっくりする。

もこもこ生地のワンピースタイプ。

指先は無遠慮にそれを捲くろうとしていた。

「ひゃ、冽くんなにして……。ていうかもう一回戦ってなにっ？」

――まさか、わたしがすやすや眠っている間に……。

想像して背中が凍りかけた。

「千広クンと初めてを済ませたなら僕ももらっていいよね？　一回も二回も変わんないでしょ、減るもんでもないし」

「？……、？？」

初めてを済ませた……。

すぐにピンときたけど、どうして冽くんがわたしのファーストキス事情を知っているのか。

もしや監視カメラでも仕掛けられてた？

とりあえず唇を防御しようと両手で口元を覆う。

「だ、だめだよ？　チューしちゃだめ……。千広くんとの、は、事情を説明すると、もともとはわたしに非があって――」

「……ん？　ちょっと待って、一応確認だけど、るーちゃん」

「うん？」

なにやら神妙な面持ちで探るように見つめられ、ごく、と息をのむ。

「もしかして千広クンとの初めてって、……、チューのことじゃないよね？」

「？　え、……えっ？」

どういうこと、洌くんはわかってて言ったんじゃないの？

「んーと、じゃあ、まさか抱かれてない？」

「だ、抱か……っ⁉」

「えそんなことある⁉　てことはるーちゃん、まだ処――」

「っ、わ、わーっ‼」

朝から大きな声を出してしまった。

いやこれは洌くんが悪い！

「朝からこんな話しないでよっ」

「え〜まじ〜？　チューもまだだったんだ」

「一応ね、言っとくけど世間では全然普通だよ、高校生でキスしたことないって。たぶんだけど」

「今日はほかの幹部出払ってるし、暇だかららーちゃんに相手してもらおうと思ったのに〜」

「……話が噛み合ってないよお」

幹部メンバーいないの？

どこに行ったの？

と、思ったけれど聞かないことにした。

このまま話していてもらちがあかなさそうだし、洌くんに本当に襲われる可能性も無きにしも非ず……。

QUEENの立場として拒めないからこそ早々に逃げる必要がある。

「ちょっと制服に着替えてきます……」

一応断ってからベッドを下りた。

壁にかけていた制服をとって脱衣所に移動する。

わたしが着替えているうちに部屋から出ていってくれないかなあ……なんて期待は、あっけなく裏切られた。

「るーちゃん遅いよ〜」

「っ⁉」

制服に着替えて、軽く顔を洗って、癖になっていた髪をちょんちょんと気休め程度に水で押さえつけていたら、突然扉が開いたのである。

相変わらず、常識というものは存在しない。

「あれ、るーちゃんリボンは？」

「へ」

「ブラックダイヤの留め具がついた、リボン」

「……あ」

千広くんに、絶対に外さないよう言われたモノ。

顔を洗ったあとにつけようと思って、忘れていた。

慌てて襟に通す。

きらん、と暗く光るダイヤはため息が出るほど綺麗で……わたしには不相応な代物だなあと、つくづく思う。

「ふふ、それ首輪みたいだよね〜」

「冽くんまたヘンなこと言って……」

「ヘンではないよ〜。てゆか千広クンはそーいうつもりでつけさせてるんだと思うけどね」

またテキトウなことばっかり。

QUEENに選ばれた人は、全員コレを身につけなきゃいけないって決まりくらい、わたしだって知ってる。

「……るーちゃんて、なんかすぐどっかいっちゃいそうだし」

ふと、指先が伸びてきてびっくりした。

わたしの首に触れるか触れないか、ぎりぎりのラインをつー……となぞって、離れていく。

「なんで？　どこにも行かないよ、QUEENでいる間は逃げるつもりないし」

「そ？　だったらいいんだけどねえ」

そう言って笑う洌くんはどこか寂しげに見えた。

「約束してよ。絢人クンみたいにBLACK裏切ったら、るーちゃんでも殺しちゃうから」

冗談には聞こえず、だけど不思議と怖いとは感じなかった。

「うん……わかった」

昏い光を宿してわたしを見つめる。

ここにいるみんな——同じ目をしている。


「——で、どうしてついてきちゃうんですか、洌くん」

教室に続く廊下で、わたしは後ろをチラチラ振り返りながら焦っていた。

幹部室を出てから当然のようについてきている洌くん。

「僕は授業に出たらだめなの？　学校に通ってる以上、教育を受ける権利があると思うんだけど」

「そうじゃなくてっ。冽くんとわたしはクラスが別なんだから、授業受けたいなら自分のクラスに行ってよ～って話だよぉ……」

それに……とても目立っている。目立ちすぎている。

さっきから生徒たちの視線を痛いほどに感じている。

休み時間で人がごった返している廊下も、わたしたちが通るところには自然と道ができた。

壁に寄ってこちらを凝視するみんなの口から「今屋敷サンだ」「冽様だ」と溜息のようにその名前がつぶやかれる。

そんな中に紛れて……。

「ほらーあの子だよ、例の今月のＱＵＥＥＮ」

「へー！　やっぱ噂ってまじだったんだ」

「おとなしそーなカオしてつえ～」

なぜか……わたしの話まで聞こえてくるので非常に困惑中である。

『噂』ってなに？

『つえ～』ってなに？

平常心を保ちながらも、内心バクバク。

「やばくね。あの女、ＱＵＥＥＮに就任してものの数日でＢＬＡＣＫの幹部全員従えたって」

「幹部引き連れて校内歩くとか只者じゃないわ」

「どゆこと？　実は親がすごい権力者とか？」

「女帝だ女帝」

途切れ途切れにしか聞き取れないけど、なんだかとんでもないことを言われていることだけは理解できた。

「ねえ、あの～、冽くん」

周りにバレないように前を向いたまま小声で話しかける。

「わたし、あらぬ噂を立てられていませんか」

「あはは、みんな、るーちゃん可愛いーって言ってるんだよ」

「まじめに答えてお願い」

「るーちゃん目立つのやだ？　噂されるのも嫌？」

「嫌に決まってるじゃん～……」

「ふーん。そっかあ」

そっかあ、じゃないよう。

誰のせいでこうなったと思ってるの？

と、がっくりきたときだった。

「ねえ、おーい」

廊下に響き渡った声に、周囲がとたんに静まり返った。

発したのは冽くん。

見れば、壁際のみんなに向かってひらひら〜と手を振っている。

「次からこの子のこと……じろじろ見た奴、こそこそ噂した奴は全員殺すから」

冷えきった声、瞳。

たしかな殺意があった。

一瞬で空気が凍って、その場にいた全員の顔に怯えの影が走る。

「冽くん、そんなこと言っちゃだめ!!」

自分の声が、想像の何十倍ものボリュームで廊下に響いた。

周りが静かすぎた、せい。

「殺意は安易に人に向けるものじゃないでしょ、裏切られたとか、処理しきれないくらいつらい感情があるならともかく」

再びしーん……となる空間。

それから、ぽかーんとしたみんなの顔。

「るーちゃ……ごめんね、……」

トドメは、あまりにも弱々しい冽くんの声。

周りのみんなのぽかーんとした顔が、さらにぽかーん度を増した。

あ、あれ……。

えっと……。

焦りが徐々に這いあがってくる。

この空気……。

わたしやらかしたかな。

間違いなくやらかしたよね。

くじ引きで選ばれたQUEENごときが幹部様に楯突くなんて……。

冽くんも急にしおらしくなって、意味わかんないよ……なにか言い返してよ。

崩れかけの平常心をどうにか保って、わたしは何事もなかったかのように教室を目指して歩きだした。

冽くんは――無言でついてきて、当然のようにわたしの隣に座った。

クラス中が冽くんに注目する中、本人はぼーっと頬杖をついて、窓の外を眺めている。

ひとりの世界を作ってしまっているせいで、周りは話しかけたくても話しかけらず、そわそわしている様子。

「僕、じーちゃんにも、昔同じことでよく怒られたんだよねー……」

予鈴に重なってそんな声が聞こえたのは、数分後のこと。

先生はまだ来ない。

ひとりごとかと思ったけれど、どうやらわたしに話しかけているようで。

「ころす、とか誰でも口にすることでしょ。そんなんでいちいち注意してくるのだるいよね」

「あぅ……ごめん」

「自分に向けられた殺意はあっさり受け入れるくせに、僕がそれをほかの人に向けた瞬間怒るの、ほんとーに腹立つ、僕の気持ち全然わかってないじゃん……」

顔は窓の外を向いたままま。視線だけがこちらにスライドしてくる。

また、だ。

また、あの暗く沈んだ瞳……。

「冽くんの……気持ち？」

「大事な人が酷い目に遭わされて復讐したいって僕の気持ちはどう処理すればいいの？　もし、るーちゃんに危害を加える奴がいたら、僕は復讐する以外でどうすればいい？」

わたしを見ているけれど、見えているのはおそらくわたしじゃない。

誰かと重ねているみたい。

『冽くんは祖父とふたり暮らしだった』

絹くんから聞いた話が頭に浮かぶ。

そういえば千広くんも、冽くんは「家族を大事にしていた」と言っていた記憶がある。

「……なにもしなくていいよ。なにかしようって思ってくれる気持ちが一番嬉しい」

今まで意味不明だと感じていた言動が、初めて少し理解できた気がする。

その上で、さっきの廊下での出来事を思い返すと、はっと胸を突かれた。

「わたしが目立つの嫌って言ったから、みんなにああ言ってくれたんだよね……ありがとう」

そのとき、ちょうど教室の扉が開いて先生が入ってきて、冽くんに聞こえたかどうかはわからない。

今日の授業中も、騒ぐ人は誰ひとりいなかった。

「そんな大事なことを、どーして今まで黙ってたのあやるん！」

お昼休み。

売店で買ったおにぎりを食べながら、わたしは、ものすごい形相のヒナタちゃんに詰められていた。

事の発端は、約四十分前に遡る。

四限目の授業が終わるなり、「お腹すいた〜」とようやく教室を出ていった冽くんと入れ替わりに、ヒナタちゃんが神妙な面持ちでわたしのもとへやってきた。

そして、第一声がこれ。

『あやるんて海外マフィアの娘なの……？』

話を聞けば、わたしはみんなに「ＢＬＡＣＫの幹部を尻に敷いている女」として認識されているという。

いったいなにがどうなってそうなったのか。

まず第一に、幹部がわたしの教室に現れたことから。

幹部のみなさまは、わたしが逃げないよう監視のために教室まで一緒に来ていたわけだけど、生徒たちからすると、わたしが幹部を侍らせているように見えたらしい。

次に、わたしが幹部室から登校しているのを見た、という、誰かの証言から。

従来、ＱＵＥＥＮが幹部室に泊まることはないのだそう。

『朝、昼、夜、幹部の言いなり。やることやったあとは、たとえ夜中であっても自宅に強制送還』が鉄則だと、ヒナタちゃんが教えてくれた。

……果たして定かなのか、疑わしいところではある。

最後に……。

『あの松葉千広が、初めてQUEENを夜会に連れて行った』

これは、BLACKの下っ端メンバーの誰かがリークして広まったらしい。

これをヒナタちゃんの口から聞いたとき、もう生きた心地がしなかった。

『で、実際どうなの？』

誤解を解くにあたって、嘘を重ねるよりも真実を話すことを選んだ。

仲良くしてくれるヒナタちゃんに嘘を吐きたくなかったのはもちろん、千広くんへの気持ちも含めて、今まで誰にも言えなかった自分のことを、知ってほしいと思ったから。

わたしが帝区に越してきた日から今日までのことを包み隠さず話して……。

——今に至る。

「QUEENになってまだ一度たりとも抱かれてないって……あやるん伝説だよ」

「あは、あはは……」

「てかなにより、千広様とあやるんが元クラスメイトなの激アツすぎるーっ‼」

目をきらきらさせながら息をつく暇もないほど喋り倒すヒナタちゃん。

周りに聞こえていないかハラハラしながら、わたしはおにぎりを食べ進める。

「千広様を好きになったきっかけは？　やっぱ席が隣で話すようになった感じ？」

「んー……いや、最初は全然話さなかったんだよね。なんか怖そうな男の子だなあって、なるべく目合わせないように避けてたかも」

「えーっ！　待って、そこからどうやって絡みが生まれるの⁉」

まさかこんなに詳しく話すことになるとは思っていなくて、どぎまぎする。

だけどそれ以上に、初めて友達と好きな人の話をできることが嬉しかった。

「ある日偶然、放課後にばったり千広くんに会って……──」

「どこでどこでっ？」

そう。

千広くんと初めて話したのは、教室、ではなく。

「えっとね、学校の非常階段の、下……」

千広くんと隣の席になったのは、ちょうど、わたしの家庭環境が壊れ始めた頃だった。

学校から帰ると、家に若い女の人がいることが増えた。

初めはその人もわたしに遠慮する素振りを見せていたけれど、いつの間にか家にいることが当たり前のようになっていて。

しばらくすると、今度はわたしが邪魔者のような扱いを受けるようになった。

お父さんはわたしに申し訳なさそうな顔をしながらもなにも言わず。

その女の人が家にいないときは、お父さんも帰ってこなかった。

学校から帰ると、ひとりきり、もしくは、お父さんとあの女の人と三人。

「家に帰るのが嫌で、放課後よくそこで時間潰してたんだよね」

「そんなヘンな場所で……」

「うん。踊り場だとたまに生徒が通ったりして見つかっちゃうけど、下の隙間だと滅多に見つかることないんだ～」

忘れていた記憶も、いざ思い出してみれば鮮やかによみがえってくる。

懐かしいなあ……。

「でも千広様には見つかっちゃったわけだ！」

「そう。だから〝滅多に〟なの。最初は〝絶対〟見つからないと思ってたけど、千広くんに見つかっちゃったから」

へへ、と自分の口から無意識に笑い声がもれた。

恥ずかしくて、おにぎりを頬張ってごまかす。

『お前なにやってんの』

千広くんに見つかったとき、わたしはポテチの袋を持っていて、それにちょうど手を伸ばしていたところだった。

非常階段の下でひとり、隠れてポテチを食べる女として認識されたことが、とにかく恥ずかしくて、しばし固まっていた。

加えて、相手はあの松葉千広くん。

──噂はかねがね、帝区を牛耳る名家・松葉家のご令息である。

『……ど、ぅも』

会釈をするのが精一杯。

一刻も早くこの場から立ち去りたかったのだけど、その直後。

突然、ザー……っと雨が降ってきて、わたしは青ざめた。

にわか雨だったから傘もなく、ここを飛び出せばびしょ濡れになってしまう。

どうしよう……。

そんな迷いを断ち切るように、千広くんがひとこと。

『俺も入れて』

『へ？』

わたしの返事を待たず、なかば強引に押しやられ、一緒に雨宿りをする羽目になった。

――というのが、すべての始まり。

『それで、当然、最初は無言で。緊張と気まずさのあまり、千広くんに『ポテチ食べる……？』って」

「聞いたの⁉」

「そう、聞いちゃって！　でねっ、無視されるかなって思ったんだけど、千広くん一緒に食べてくれて……う、嬉しかった」

「っ、ううカワイイ～カワイすぎる‼　保護したい‼」

思い出すと今でも恥ずかしい。

まともに喋ったこともない同級生と、非常階段の下で雨宿りしながらポテチを食べる。

なんともおかしなシチュエーション。

ちなみにのり塩味だった。味まで覚えてるなんて我ながらびっくりする。

「こんな生き生き喋るあやるん初めて見たあ。めっちゃ好きじゃん千広様のこと」

「っ、ぅ、そうかな……いや、そうだよね……」

「きゃ〜っ」

……うん。すごく好きだった。

──だから忘れるために必死だった。

「いつ告白するの？」

「……へ？」

「告白だよ告白。QUEENなんだから、今が一番チャンスでしょ」

「いや、そんな、告白なんかできるわけ……」

「え、なんで？」

なんで？

なんでって……。

そういえば──なんでだろう。

中学のときは、自分には大河くんがいるからと、好きな気持ちに見てみぬふりをした。

悟られないように必死だった。

でもあるとき、お父さんや大河くん含む親しい人たちに、千広くんの家だけでなく千広くん自身のことまでひどく貶されて、わたしは我慢できずに盾突いてしまい、結果、ひどい言葉と暴力で返り討ちにされた――。

その出来事がトラウマなせいもあって、千広くんのことを考えるのを極力避けてきて。

でも今は大河くんとは別れているし、隠す必要は……ない。

そっか。

千広くんを好きでも、もう誰にも咎められることはないんだ。

どうせQUEENの役目が終わったら関わりもなくなってしまうんだから……。

「最後に伝えるだけ伝えてみようかな……」

付き合いたいとかおこがましいことは望んでない。

ただ、QUEENじゃなくなったあとに、あのとき伝えておけば……って後悔したくないから。

「よしきた！　そうとなればヒナタ様に任せてっ、とっておきのテク伝授したげる！」

「ひえ〜心強い」

背中を押してくれてありがたいなあ、と思った矢先に、がしっと肩を掴まれた。

「まずはそのなっがい前髪切っちゃお！」

暗夜

……視界が良好すぎる。

ヒナタちゃんにトイレのゴミ箱の上で前髪カットしてもらっているうちに予鈴が鳴って、ぎりぎりで教室に駆け込んだ五限目の授業。

わたしは黒板を見ながら、ひとり感動していた。

前髪が目にかからないだけで、こんなにクリアに映るんだ。

世界がいっきに明るく見える。

ヒナタちゃんに話を聞いてもらったおかげもあるんだろうな。

ＱＵＥＥＮの交代まであと半月以上あるから告白するのはまだ先だけど、今からもうどきどきする。

悪い返事だったらどうしようっていう不安よりも、やっと伝えられるっていう嬉しさのほうが大きい。
ふふ、と顔が緩んだ瞬間、先生と目が合って慌ててうつむいた。
あっぶない、黒板見ながら笑ってるヘンな女になるところだった！
気を引き締めて教科書に向かう。
すると、机の上になにか文字が書かれていることに気づいた。
なんだろう？
教科書をそっとずらして確認すれば。
【るーちゃんへ♡
僕は眠いので午後の授業はお休みします♡
寂しいと思うけどがんばってね♡
冽クンより♡】
ハートにまみれたメッセージに、ひい、と声をあげそうになる。
文字こそ小さいけれど、立派に油性マジックで記されていた。
もう〜人の机に勝手にっ。
消しゴムでごしごししてみても、若干薄くなっただけ。

あとで会ったら怒らなきゃ……。

そんなことを考えながら、また少し笑いそうになっている自分に気づく。

ごほん、と咳払いで戒《いまし》めた。

「じゃーね、あやるん。がんばるんだよ、応援してるからね！」

「あはは、べつに今日告白するわけじゃないんだけどね。ありがとう〜」

放課後、ヒナタちゃんから満面の笑みで幹部室へ送り出された。

とはいえ、今日は幹部みんな出払ってるって洌くんが言っていたし、誰もいない可能性もある。

誰もいなければ家に帰るだけだし、一応覗くだけ覗いてみよう。

と、旧生徒会室エリアに足を踏み入れた、直後。

「……っ、ぅぐ！」

背後に人の気配がしたかと思えば、次の瞬間には口元を覆われ、羽交い締めにされていた。

「あんたＱＵＥＥＮだな」

低い声が耳元で響く。

「おとなしくしろ。抵抗したら殺す。言うことを聞けば無傷で解放してやる。わかったら首をゆっくり縦に振れ」

感情のこもらない声はまるで呪いのように体を支配する。

この響きをわたしは知っている。

考えるより先に体が従ってしまう声――まさに千広くんのような……。

というか、千広くんそのものに聞こえた。

だけど……相手は千広くんじゃない。

いったい誰……？

頭のキャパはすぐに限界を迎えて、操られるようにうなずけば、拘束する力が弱まり。

おそるおそる顔を盗み見た……つもりが、視線がしっかり交わって、びくっと肩が揺れる。

反射的に目をつぶった。

「――、あんた……」

少し間を置いたあと、驚いたような声が聞こえて、またおそるおそる顔をあげる。

「……安斉さん？」

「え……」

すぐにはピンとこなかった。

だけど、記憶を巻き戻してはっとする。

「絢人くん、ですか……？」

彼は、ためらうように一旦目を逸らした。

この反応は間違いない。中学時代、千広くんと仲が良かったはずの彼だ。

黒帝を裏切り赤帝に寝返ったという、黒土絢人くん――。

「……まだ帝区にいたんだね、あんた。こんなとこ真っ先に出ていくタイプだと思ってた」

さっきとは違う、威圧も冷たさもない、普通の声。

強ばっていた体が少しだけほぐれる。

「わたしのこと、知ってるんですか？　……えっと、ちゃんと会話するのは初めてだよね」

「そっちこそ。おれのことなんで知ってんの？」

「……ち、千広くんが、よく絢人くんの話をしてたから、」

「おれもそーだよ、あんたの話をよく聞いてた」

不覚にも心臓が動く。

千広くんがわたしの話を？と、聞き返してしまいそうになる。

この人は敵なのに。

力を弱めてくれたとはいえ、その手はしっかりわたしを拘束したままだ。

「千広くんは元気？」

「……それってどういうつもりで聞いてるの？」

「どーいうつもりって？」

「だって、もうＢＬＡＣＫとは手を切ったんでしょ、しかも自分から」

「……たしかにそう、だね。野暮《やぼ》な質問だった」

刹那、その表情に憂いが落ちた。

人を傷つけてしまったような痛みが、ずき、と胸を刺す。

こんな顔をする人が、本当にＢＬＡＣＫを裏切ったのかな……。

「絢人くんはどうして赤帝側についたの……？　千広くんと友達だったんじゃないの？」

「……さあ。なんでだろ……」

そう言って絢人くんは空を仰いだ。

「友達でいたかったから、かな」

意味はよくわからなかったけれど、はぐらかされたようには思えず。

彼なりに導き出した本心なんだろうなと、なんとなく頭の中で反芻する。

「そっか。……それで、わたしはなにをすれば」

「おおっとそうだった！　脅して言いなりにさせるつもりが忘れてた」

わざとらしく反応した絢人くんは、そのまま腕をするりと解いてみせる。

「……え？」

「数少ない旧友に手荒なマネするほど、おれは性根腐っちゃいないんでね」

「でも……いいの？」

「んーそうだな。じゃあ久々の再会ってことで、手土産にひとつイイコトを教えてあげる」

影が落ちて、目線が同じ高さになった。

「あんたの元彼──」

どくり、と心臓が嫌な音をたてる。

「白石大河くんね、昨日、赤帝に転入してきたよ」

「っ、……」

「そんで、黒帝会本部の情報と引き換えに、RED《ウチ》の幹部に入れてほしいって交換条件を提示してきた。もし総長が承諾したら、白石くんの思惑どおりに事が進んで、最悪、千広くんは死んじゃうかも」

さあ……っと冷たく血が引いた。

赤帝と手を組むなんて、大河くんが一番やりそうな手口なのに、どうして今まで思いつかなかったんだろう。

「白石くんが盗ってきたってのは、裏回線を使用して保存されていた、松葉家の有望な息子の命と余裕で釣り合いがとれる大事な機密情報だ。つまり、そのデータひとつで黒帝会の上層部を簡単に強請《ゆす》ることができる。ウチの総長も馬鹿じゃない。白石くんが〝盗ってきた〟って言うデータが本物かどうかはきちんと見極めがつくはずだ」

「……――」

言葉を失う。

ゆうべ、夜会の会場に現れたのはそういうことだったんだ。

「……おっと、安斉さんへーき？」

気づけば脚の力が抜けて、絢人くんに抱き留められていた。

「ごめ……なさい」

なんとか体勢を整える。

大河くんは昨日、黒帝会本部のデータを盗んだ。

あの余裕は、すでに目的を果たしたことからきていたのかもしれない。

「じゃあ、おれはこのへんで。長居したらおれの身が危ないしね」

絢人くんは、にこ、と微笑んで背を向けた。

ぼうっと見送っていると、彼は思い出したように、一度だけわたしを振り返った。

「おれが来たことはどうかご内密に。ていうか、話してもいいことないぜ、あんたが怪しまれるだけ」

嫌な出来事は、どうしてこうも立て続けに起こるんだろう。

あれから幹部室に向かったけれど、中には誰の気配もなく。

部屋を見渡せば、真ん中のテーブルにメモを見つけた。

【るーちゃんへ♡

昨日の夜会でるーちゃんが疲れてるだろうということで、今日は特別にお休みになりました♡

帰ってゆっくり疲れをとってね。

冽クンより♡】

労ってくれているのに、その文字列を見ても、くすっと笑える気力は残っていなかった。

誰でもいいからいてほしかった。

不安なとき、たとえ話せなくても誰かがそばにいてくれれば気が紛れるから。

――そして。

久しぶりに帰ったアパートの前には、よく知った人物が立っていた。

「よお、あやる。元気してたかぁ？　悪かったな〜、戻ってくんの遅くなって」

わたしはこの人の帰りをずっと待っていたはずだった。

なのに、少しも喜べないのは、どこかで嫌な予感がしていたから。

「お父さん、どうしていきなり……。あの女の人は……？」

「あー、別れたよ。これでまたあやると一緒に暮らせるな」

「…………」

「それでな、父さんまた白石さんと一緒に仕事することになったんだわ」

「──、え？　今……なんて？」

聞こえなかったわけじゃない。

どうしても受け止められず、頭が拒否反応を起こしていた。

「だから白石さんだよ。お前もさんざん世話になっただろ？　大河くんも一緒に戻ってきてるみたいだから、また前みたいに仲良くやれよ」

お父さんは、以前黒帝にいたときも、のちに大河くんのお父さんに誘われて新しい仕事を始めていた。

なにやらかなり儲かる仕事だったようだけど、穏やかだったお父さんが少しずつ暴力的な性格になり始めたのは、大河くんのお父さんの下についてからだった。

上下関係が異様に厳しく、昼夜問わず電話が鳴り、応答に少しでも遅れるとスマホ越しに怒鳴り声が聞こえてくるほどで、当時はそばにいたわたしでさえも常にびくびくして過ごさなければいけなかった。

黒帝会を乗っ取りトップの権力を得るために、松葉家を〝悪〟だと大々的に主張し潰そうと本気で試みていた人で、おそらく大河くんもこの父親に洗脳されたのだと思う。

わたしのトラウマの根源とも言える。

「ちょ……っと、待ってよ、お父さん、」

「あーそれと。お前、明後日から赤帝高校に転入することになってるから、明日荷物全部まとめてこいよ」

「……は、……え？　なに、言ってるの？」

言われたことは理解できる。理解できるのに……。

心臓が痛いくらいに早鐘を打つ。

呼吸が浅くなる。

「冗談だよね？　だ、って、転入なんてそんな即日できるわけないし……」

「悪い悪い、言ってなかったけど前々からこっちで手続き進めてたんだ。お前の担任にも話は通してあるから」

なに、それ。

そんなの、ひとことも聞いてない……っ。

「嫌だっ、絶対嫌！　赤帝には絶対行かない、ヒナタちゃんだって……友達だっているのに」

「あのなあ。なにも県外に引っ越すって言ってるわけじゃねーんだから。その気になればいくらでも会える距離だろ」

そういう問題じゃない。

そういう問題じゃないのに……！

「な、あやる」

「嫌っ！　なんでそんな勝手なことするのっ⁉」

掴む手を思いっきり振り払った。

ああ……やってしまった。目の前が暗くなる。

お父さんからゆっくりと笑顔が失せていく。

わたしは、また間違ってしまった。

「〝勝手なこと〟？　お前、育ててもらった身でふざけたこと言ってんじゃねえぞ。お前がひとりでも苦労しなくていいように、学費も、家賃も、生活費も！　今まで誰が払ってやったと思ってんだ‼」

勢いよく振り下ろされた拳を、避けることはできなかった。

衝撃と同時に、頭がぐらんと揺れる。

バランスを崩した体は、あっけなくアスファルトの上に倒れた。

お父さんが暴力を振るうことは滅多にない。

だけど、その滅多にないことが起こったときが一番恐ろしいのだ。

地獄は、また繰り返される。

それでも抗おうとした。

ヒナタちゃんと離れたくない。

ＢＬＡＣＫのみんなを裏切りたくない。

千広くんと、まだ一緒にいたい。

絶対に……。

たとえ、どんな制裁を受けたとしても黒帝に残る。

そう、思っていたのに。


『もしもし、安斉～』

夜。

考えることに疲れて果てていつの間にか眠っていたわたしを、鳴り止まないコールが現実に引き戻した。

体を起こせば、殴られた目の上が鈍く痛んだ。

『オレ、ＲＥＤの幹部に入れることになったよ』

耳元で流れる音声は現実味がなく、知らない配信者の、知らないゲーム実況でも聞いているかのようで。

だけど。

――〝白石くんの思惑どおりに事が進んで、最悪、千広くんは死んじゃうかも〟

絢人くんの言葉が頭をよぎった瞬間、ぞくりとたしかな寒気を覚えた。

「大河くんお願い、千広くんのこと、」

『いいよ』

「え？」

『安斉が赤帝に来てくれるなら、オレはREDに入らない。松葉からは手を引く。約束する』

「……——、」

大河くんは、わたしのことをよくわかっているなあ、と。

絶望の中でぼんやり考えた。

開けっ放しのカーテンから覗く夜空には、ひとつの星も浮かんでいなかった。

＊

『千広くん、今の雷かなり近かったよね!!　地響きすごーい!!　やっぱここで見るとスリルあるねっ』

『非常階段の下で雷楽しむ奴お前くらいだろ』

『えっ、千広くんは雷見に来てるんじゃないの？』
『は？』
『だって、ここで一緒に雷見るのもう三回目でしょ？　てっきり好きなのかと』
『……それはたまたま、今が夕立の時期だからで』
『…………』
『俺がここに来るのは……あやるに会――……から』
『？……ごめん、いま雷ドーンって言ったから聞こえなかった』
『～～っ、この鈍感女が』

＊

朝が来るのがこんなに憂鬱だった日はない。
浅い眠りの中、なにか夢を見ていた気がするけれど思い出せなかった。
いっそ昨日の出来事も悪い夢だったと思いたい。
なんて言おう。幹部のみんなに、千広くんに……。

——言えるわけない。

QUEENの間はずっとここにいるって、約束したのに。

せめてヒナタちゃんには……と、おもむろにスマホを開けば、画面には一件のメッセージ通知が表示される。

【おは！　ごめーん、今日生理痛ヒドイから学校休む（｡•́︿•̀｡）】

そんな。

最後の日なのに会えないなんて……。

それに対しての返信を打ってしまったところで指を止める。

転校のことを伝える文面を考えては消して、考えては消して。

結局、送信することはできなかった。

「ねえ安斉さん、今日は幹部の方たちが来る予定あったりする？」

登校してすぐ、クラスメイトの女の子からおそるおそる、といった感じで話しかけられた。

「えっと……今日はどうだろ、来ないんじゃないかなあ」

「そっか。わかった〜ありがとう！」

そそくさと立ち去ったその子は、ロッカーの前で待っていた同じグループの子に
「今日は来ないんだってー」と告げる。

「残念。サボろー」

「だね〜」

教室を去っていく足音を聞きながら、ふう、とため息を落とす。

ここで授業を受けるの、今日が最後なんだ……。

嫌だな、ずっとここにいたいな。

そう願ったところで、時間は当たり前に過ぎていく。

授業の内容はほとんど記憶にないまま、気づけば放課後になっていた。

黒帝のホームルームは、よほど重要な連絡事項がない限り担任の先生が現れることはない。

その、よほど重要な事項の中に、クラスメイトの転校の連絡は含まれていない。

中学の頃まではそのつどお知らせをしてくれる先生もいたけれど、入れ替わりが激しいこの街では、日常茶飯事だから、クラスメイトがいなくなろうが増えようが、

みんなどうでもいいのだ。

教室からはあっという間に人が捌け、わたしはひとりになる。

ハートにまみれた洌くんのメッセージを見て、なんとなくペンケースからネームペンを取り出した。

せめて今日まではQUEENとして幹部室に顔を出すつもりだけど、赤帝に転校するなんて口が裂けても自分からは言えないから。

洌くんからのメッセージの横に、同じようにペンを走らせる。

【洌くん、絹くん、開吏くんへ
約束守れなくてごめんね。】

しばらく見つめたあと、ヒナタちゃんの席に移動した。

【ヒナタちゃんへ】と、今度はノートの切れ端に書いた。

直接言えなかったことへの謝罪と、これまでの感謝をひとしきり文字にして、机の中に忍ばせる。

あとは……千広くんだけ。

なにを血迷ったのか、非常階段の下まで来てしまった。

わたしのやっていることはなんの意味もない。

わかってる。

教室の机なんかに書いて、冽くんたちに見つけてもらえるわけがない。

【千広くん
大好き。本当はずっと一緒にいたい。】

教室からこっそり持ってきたチョークで、非常階段の下、でこぼこの床に、こんなことを記して……馬鹿みたい。

雨風が吹けばすぐに消えてしまうのに。

そもそも、ここは幹部室とは正反対の位置関係にある。

千広くんが来ることはまずありえない。

だけど……そういえば。

『よお、久しぶり』

ＱＵＥＮに選ばれた日、ここへ逃げてきたわたしを千広くんは見つけてくれた。

たまたまかもしれないけれど、あのとき、見つかってしまったという焦りの裏で、実はすごく嬉しくもあったんだ。

溺愛

「あーっ、モブ子先輩やっと来た。ついにバックレたかと思ってひやひやしましたよ」

扉を開けると、もうおなじみになった顔ぶれが並んでいた。

「わあ、みなさんお揃いで……」

「お前その痣《あざ》はなんだ」

頭で事前にシミュレーションしたとおり、にこっと笑ってみせた直後、千広くんの声が飛んでくる。

「まじだ。目の上青くなってんじゃん」

「誰にやられたのるーちゃん」

「うわ、痛そ……大丈夫ですか」

千広くん、絹くん、冽くん、それから開吏くんにわらわらと囲まれる。

どうしてこういうときに限って優しいんだろう。

うっかり涙が出そうになった。

「家で転んでぶつけて……。大したことないから大丈夫、です」

「はあ、しっかりしてよるーちゃん～。怪我してちゃ幹部の集まり休みにした意味ないじゃん」

「ほんと。マヌケにもほどがありますよ」

しっかりといつもどおりの軽口を受け、内心ほっとしたのもつかの間。

「どう見ても転んだ傷じゃねえだろ。ちょっとこっち来い」

千広くんに腕を引っ張られる。

「つえ、あ、の千広くん」

パニックでまともに声も出せず、押し込まれたのは――KINGの部屋。

「誰にやられた」

「っ、……」

まっすぐ射抜いてくる。

嘘は一切通用しないと本能的にわからせるような強い力がある。

「お、お父さんに」

「父親？」

「昨日久しぶりに会って、家族内の問題で口論になって……怒らせちゃって。避けれなかったから」

「……そうか。痛かったな」

そのままさらに腕を引いて抱き寄せられ。

仄《ほの》かなムスクに包まれた瞬間、耐えきれなくなった涙が零れる。

それに気づいたのか、背中を優しくさすってくれた。

お父さんに殴られたことが悲しいんじゃない。

むしろ、そんなのどうでもいいって思えるくらいに、千広くんが優しくしてくれることが嬉しくて、どうしようもなく好きだと思って。

伝えられない気持ちが雫になって次々と溢れる。

嫌だ、やっぱり離れたくない。

好き。

大好き……。

「あの……千広くん」

優しくされると頭のブレーキがどんどん緩んでいく。

「なんだ」

「今日の夜……一緒にいたらだめ？」

「……は？」

「い、一緒に眠ったらだめ？」

「なに言って」

「この前も一緒に眠ってくれたけど、わたしが起きたとき千広くんいなかったから。今日は、わたしが起きるまで……夜明けまで一緒に、いたい……」

＊

「冷静になったか」

髪を乾かして、千広くんがお風呂から上がるのをベッドの上で待っていた。

ブレーキが緩んでいたとはいえ、一世一代の勇気を振り絞ったわたしのお願いを、千広くんは「いったん落ち着いてから物を言え」と、あっさり片付けた。

正気じゃないって思われたみたい。

たしかにさっきは冷静ではなかったけれど、お風呂に入ったからといって千広くんを好きな気持ちが変わるわけもなく。

「冷静になったけど、……やっぱり一緒にいたい」

どうせ明日から会えなくなるから。

それどころか、大河くんと同じ赤帝に行ったことがバレたら一生嫌われるかもしれないから。

どう思われてもいいから、最後くらいは一緒にいたい。

抱きしめてほしい。

キスしてほしい。

それじゃ足りないくらい……愛されたい。

「──……誘ってんの？」

冗談だろ、とでも言いたげな、微かに笑いを含んだ声がする。

どうやったら本気にしてもらえるんだろう。

しばらくうつむいていたら、千広くんが痺れをきらしたようにこちらにやってきて。

わたしの隣、ベッドの縁に腰を下ろした。

「……あやる?」

顔を覗き込まれる。

これだけでどきどきするわたしの身にも、なってみてほしい。

「……千広くんのバカ。わからず屋」

聞き取れなかったらしく「は?」とさらに顔を寄せられて。

なかばヤケになっていたらしいわたしは、千広くんの唇に……自分のそれを重ねていた。

「……──」

そのやわらかい感触に、はっと我に返った。

すぐさま離れようとしたのに、強い力で引き戻される。

「ちゃんと合わさってねーよ。やるならしっかりやれ」

「……ん、っ、」

一瞬で熱が回って、甘い感覚が突き抜けた。

気づいたときにはベッド脇の壁に追い詰められていて、逃げ場がなかった。

「……っ、は、ぁ」

押さえつけられた状態で、角度を変えながら何度も何度も唇が落ちてくる。

熱い。苦しい。頭がぼうっとする。

──千広くんのことしか、考えられない……。

キスの仕方なんてわからないけれど、好きと言えない代わりにどうにか応えたくて。

距離はとっくにゼロなのに、もっと近くにいきたくて……。

誘われるように少しだけ口を開けば、すかさず熱が入り込んでくる。

「ゃ、ん、……ぅぅ、」

甘くて甘くてくらくらした。

ずっとこうしていたい。

唇が少しでも離れるたびに不安になる。

「ち、ひろくん、……」

「っ、なんだ」

「まだ、っ、もっと……」

どうしよう、こんなこと言って。自分じゃないみたい。

千広くんのことが好きすぎておかしくなってしまった。

「……ん、……」

やがて、キスでぐったりした体がベッドの上でゆっくりとバランスを崩す。

倒れ込むように千広くんの体が覆いかぶさった。

こころなしかいつもより余裕がない千広くんと、至近距離で視線が交わる。

捲れた服のすそからいつの間にか入り込んできた手のひらが、一度だけ肌をなぞった。

「～っ、あ、」

「あやるがストップかけてくんねーと、やめらんないけど俺」

「っ！」

もう一度触れて、びくっと揺れる。

「やっ、ぅ、〜」

「……キスだけでこんな濡らしてんじゃねーよ」

確かめるように行き来する指先に、じわりと切ない熱が生まれた。

「なあ、どうすんの」

「っ、やぁ、も……わかんない……」

熱くて恥ずかしくて、千広くんが好きで、頭が回らない。

「…………」

「でも……、やめたらやだ……」

大事に大事に触れてくれた。

優しく名前を呼んでくれた。

最後までずっと抱きしめてくれていた。

──愛されたと錯覚するくらいに、幸せな夜だった。

＊

松葉の家に生まれたときから死んだように生きてきた。

人が笑うのを見ても泣くのを見てもなにも感じなかった。

毎日、夜の奥底で冷たく息をしているような感覚。

松葉の人間はヒトを愛せないと、大昔から言われているらしい。

愛せるわけがない。

そういう風に育てられた。

だけど。

あやるといるときだけは自分の心臓の音が、たしかに、はっきり聞こえて──生きていると、実感できた。

目が覚めたとき、あやるは隣にいなかった。

ソファにも浴室にも幹部室にも、どこにも。

「……──」

ゆっくりと、体温が冷えていくのを感じた。

夜明

「安斉あやるです。今日からよろしくお願いします」

赤帝高校の教卓前で自己紹介をしているとき、外では激しい雨が降っていた。

チョークで書いたあの文字は、とっくに消えてしまっただろうな……。

ぼんやりと考えながら席につく。

噂には聞いていたけれど、赤帝高校の治安の良さは想像以上だった。

同じ帝区内にあるとは思えない。

ホームルームがきちんと開催されるのはもちろんのこと。

わたしのひとつ前の席を除いて、朝からみんな着席していたし、スマホを触っているる生徒はいても、先生が話しているときに騒ぐ人は誰ひとりいなかった。

転入転校はここでも珍しいことではないはずだけど、休み時間になるといろんな人が話しかけにきてくれた。

「ねえねえ、自己紹介のときうまく聞き取れなかったんだけど、下の名前、あやちゃんで合ってる？」

お昼休みに入ると、斜め前の席の女の子が身を乗り出しながら聞いてきた。

「あ……えっと、あやる、です」

「あやるちゃん⁉　すごい可愛いっ！」

「あ、ありがとう……」

あまりにきらきら笑顔を向けられて、どんよりとしていた気持ちがほんの少しだけ晴れた。

「月《るな》ちゃんー、早く売店行こー」

教室の前方からその子に声がかかる。

ルナちゃんと呼ばれたその子は「先行っててー！」と返事をして、わたしに向き直る。

「私も二年生になって赤帝に転校してきたんだよ、一緒だね」

「そうなの？」

「月ちゃん、転校生独り占めしてずるーい。なんの話してんの？」

横から入ってきたのは、さっき扉近くでルナちゃんを売店に誘っていた子だ。

「私も転校生だったから、一緒だねーって言ってたの！」

「あ〜そういえばそうだったね。てか聞いてよ、安斉さん。この子の転校理由すごいから」

「ちょっと、言わないでよ恥ずかしいから！」

「初恋の男を追いかけて、わざわざ県外から転校してきたんだよー」

「ねえっ、もうー！」

ルナちゃんは顔を真っ赤にしながら顔を覆う。

好きな人を追いかけて……。すごいなあ。わたしと全くの逆だ……。

「ていうか、安斉さんも一緒に売店行こうよ」

「う……あ、ごめん。あんまりお腹空いてなくて……」

「そっか、じゃあまた誘うね！」

断ったのに、嫌な顔ひとつせずそんなことを言ってもらえて、黒帝との違いにつくづく驚いてしまう。

「あ、そうだ。私の隣の席の男の子が来たら、数学の課題出すように伝えてくれないかなあ？」

ルナちゃんが、わたしの前の空席を指さした。

「黒土くんっていうんだけど、遅刻常習犯なんだよね」

――黒土くん。

もしかして、と思いながらも、とりあえず「わかった」と返事をする。

楽しそうに売店に向かうふたりを見送って、しばらく外を眺めていると。

ルナちゃんの言葉どおり、彼は現れた。

「あ、絢人くん……」

「――、は？」

こちらを振り向いて、ぴたりと動作を止める。

まるで信じられないというように目を丸くして。

「いや待って。なんであんたがいんの」

「き、今日付けで転校してきて」

「……嘘だろ」

明らかに歪んだ顔を見てぽかんとする。

たしかに急ではあったけど、いったい、なにがそんなに……。

次の瞬間、腕を掴まれる。

「ちょっと来て」

「へ？　あ……」

引きずられるようにして教室を出た。

どこへ行くの、なんて、とても聞ける空気じゃなく。

絢人くんが校舎裏で足を止めるまで、わけのわからないまま ついていくしかなかった。

「あんた黒帝のQUEENだろ。こんなところでなにしてんの」

「な、なにって……。色々、事情があって」

すごく怖い目をしている。

絢人くんの言いたいことはすごくわかった。

絢人くんも黒帝から赤帝に移った身だからだ。

自分で黒帝を出ていったからこそ、裏切りがどんなに酷いことかをよくわかっている。

「幹部のみんなには、本当に申し訳ないって思ってる……」

「赤帝に来たなんてバレたら殺されるよ。幹部が直接手を下さなかったとしても、BLACKの下っ端は容赦なくあんたを刺しに来る」

「……殺されても、いいよ……」

それくらいの覚悟を持って決めたことだから。

「……そんな顔するほどの事情が、あんの？」

「っ、……」

「今すぐ戻れよ、千広くんのとこに。あんたがそばにいるなら大丈夫だろうって、おれは、この前やっと……安心できたのに」

絢人くんの声が震えた。やっぱり、まだ千広くんのことを大事に思っているんだ。

この人には、本当のことを話さなくちゃと思った。

「絢人くん、聞いてほしいことが――」

中学からの出来事を一から説明した。

大河くんと同じタイミングで黒帝に越してきたこと。

大河くんがその頃から松葉家の息子である千広くんを憎んでいたこと、貶めようとしていたこと。

黒帝の男の子に襲われかけたことをきっかけに、大河くんと付き合うという提案をのんでしまったこと。

そのあとで千広くんを好きになってしまったこと……。

それを最後まで言えなかったこと。

それから今日、ここに来るまでの経緯を包み隠さず話した。

「は……なにそれ。つまり安斉さんは、好きでもない白石と付き合ってたわけ？」

「……うん」

「っ、ふざけんなよ。千広くんがあの頃、どれだけあんたのこと――」

絢人くんの声が不自然に途切れた。

わたしたちの間に、誰かが割り込んできたから。

――大河くんだった。

「どこにいるかと思えば……。ＲＥＤの幹部とコソコソ話し込んでるなんて油断も隙もないな」

めまいがした。

「ねえ黒土くん。REDって、人の女に手出すほど野暮な組織だったの？」

「……お前」

「今から大事なふたりの時間だから邪魔しないでよ」

腕を掴まれる。

思わず振り払えば、彼はいらだったようにバン、と壁をたたいた。

そう。これが大河くんのやり方だ。関係を図るのでなく力でねじ伏せてくる。

空き教室に連れ込まれた。

そばにあったソファに向かってわたしを乱暴に突き飛ばすと、その手で制服を乱暴に掴んでくる。

「黒土となに話してた？」

「っ、大した話はしてない」

「ごまかすなよ！」

制服を思いっきり引っ張られて、胸元が空気に晒される。

「やっ……」

とっさに隠しても、もう遅かった。

「は……っ、こんな印つけられやがって。QUEENになってから毎日いろんな男の体でよがってたのかよ。気持ち悪ぃ」

涙が出た。

千広くんが触れてくれた体に、ほかの手で触れられたくない。

汚されたくない。

「次、ほかの男とやったらどうなるか教えてやるよ」

「やだっ、触んないでっ……！」

「おとなしくしろ」

押さえつけられる。

力では到底かなわない。わかっていても、なんとか逃げようと体をよじった。

「やだ……千広くんじゃないと嫌……」

「うるせーよ黙れ！　次その名前呼んだら殺すぞ」

この人に壊されるくらいだったら死んだほうがマシ。

「ほら、おとなしく足開けよ！」

「嫌だっ、……」

もう無駄だとわかっていても、千広くんを求めてしまう。

ついにはスカートに手をかけられて。

「っ、……千広くん……──」

ぎゅっと、目をつぶった。

「──なんだ」

……え？

よく知った声が聞こえた気がして、どく、と心臓が動く。

幻聴かと思ったけれど、大河くんの手もぴたりと止まった。

おそるおそる顔をあげた先……。

いつの間にか開け放たれた扉の前に立つ、誰かの影が見えた。

「ち、……ひろくん？」

理解が追いつかない。

ここは赤帝で、ひと気のない廊下の片隅の空き教室。

いるはず……ないのに。

「あやる」

でも、わたしを呼ぶ声は間違いなく本人だった。

「この状況。俺に見せつけてえのか、助けてほしいのか言え」

考えるより先に、体が勝手に従ってしまう、この響きも。

「っ、……助けてっ、」

その瞬間、千広くんの背後から、もうひとり、誰かが出てくるのが見えた。

瞬きをした直後には、わたしは千広くんに抱きかかえられていて。

わたしを拘束していたはずの大河くんは——絢人くんの手によって捕らえられていた。

「千広くん、」

「帰るぞ」

「っ、なんで来てくれたの、……なんでここが、わかったの」

「……お前な。チョークで書くのはやめろ。雨で見えなくなるところだっただろ」

「え……」

まさか。

でも、ありえない……見つけてもらえるわけ……。

「あやるちゃん、大丈夫……っ？」

空き教室を出ると、どうしてかルナちゃんがいた。

その隣にはもうひとり、男の子が。

その人は千広くんと少しの間目を合わせたあと、わたしを見て言った。

「絢人から話は聞いた。白石の父親のことざっと調べたが、権力組織に取り入るために今まで散々あくどい手を使っていたこともわかっている。場合によってはＲＥＤ《ウチ》にも害になり得る存在として判断した」

初対面でも、この人がＲＥＤのＫＩＮＧだということは自ずと理解できた。ということは、ルナちゃんはこの人の彼女？

「白石の父親が関係する組織と白石個人の行動は俺たちの監視下に置く。お前の父親とは一切手を切らせるから、安心して黒帝に戻ればいい」

まだ、よく状況がのみ込めないけれど、とりあえず助かったんだと。

千広くんのもとに戻れるんだと。

安心して、体から力がすとんと抜けた。

＊

「千広くん、ごめん、ね……ごめんなさいぃい……」

黒帝の敷地に足がついたとたん、堰《せき》を切ったように涙が溢れてきた。

まるで幼稚園児のように声をあげて泣いてしまう。

「幹部のみんなにも謝んなくちゃ、わたし、すごいひどいこと、して……」

「泣くな。あいつらにもあとでちゃんと話はつける」

「…………」

千広くんはどうしてこんなに冷静なんだろう。

わたしはわからないことばっかりなのに。

「あの……どうして、来てくれたの？」

「またそれか」

初めは絢人くんが千広くんに連絡してくれたのかと思ったけれど、わたしが大河くんに連れ込まれてから、千広くんが来るまでの時間はおそらく十分程度で。

それだと、あまりにも早すぎて辻褄《つじつま》が合わない。

「起きたらお前がいないから探した。幹部室出て、真っ先に非常階段の下覗いたら、意味わかんねぇメッセージ見つけて」

「い、意味わかんないって」

「そのあとお前の担任に問い詰めた。なかなか口開かねぇから無理やり吐かせた。その担任、お前の父親から口止めの金受け取ってたんだ。そこでなんとなくの事情が読めた」

「……、は、あ」

「それから白石につけたＧＰＳ。夜会のあと、あいつを追う途中ですぐに通信が途切れた。おそらく気づかれたんだろうが、その途切れた場所が赤帝付近だったことも憶測を裏付ける材料にはなったな」

情報量の多さに頭はすでにキャパを超えそうになっている。

わたしがいなくなって、真っ先に、非常階段の下を探してくれた？

お父さんが先生にお金を渡してた？

「お前の意志で出ていったわけじゃねえことはアレ読んでわかったし、あとは、赤帝に着いたら運良く絢人を見つけた……って感じだな」

これで満足か？と面倒くさそうに尋ねてくる。

少し怒っているようにも見えた。

怒るのは……当たり前だけど。

メッセージを読んだならわたしの気持ちを知っているはずなのに、ここまでそっけないなんて……と。

わがままな不安に駆られる。

「もういいだろ、部屋行くぞ」

手をとられた。

とまどいながらついていくと、そのままベッドに座らせられる。

「一回服脱げよ」

「へ？」

「好きな女をほかの男に触られて、そのままにできるわけねーだろ」

「え、……わ、っ？」

ちゅ……と肌に唇が押し当てられて。

ワンテンポ遅れてドクドクッ、と心臓が狂った音を立てる。

「い、今、聞き間違い？」

「はあ？」

「好きって……聞こえた、ような」

うそ……。

すぐに否定されると思ったのに、千広くんは珍しく動揺したように目を逸らしただけ。

「本当に……？　う、嬉しい……」

ぽた、と雫が落ちる。

今度は噛みつくようにキスされた。

「……んんっ」

「中学のときから言ってんのに、お前って腹立つほど鈍いよな」

「中、学……？」

「中学のとき、雷──、やっぱ今はいい、」

雷……。

はて、と記憶をたどろうとすれば、キスで邪魔された。

「……っ、んぅ」

「もう、いきなりいなくなるなよ」

ぎゅう、と強く抱きしめられて、本当に大事にしてくれているんだと実感する。

「わかった」

「一緒にいたいって言ったくせに、起きたらいないとかやめろよ」

「……うん」

溢れてくる気持ちを大事に抱きしめながら。

「今日は、朝まで一緒にいたい……あやる」

大好きな人の腕の中で、

わたしはそっと目を閉じた。

捨てられ少女は極悪総長に溺愛される

【完】

番外編1・嫉妬

　教室に向かう途中の廊下で、ふと、背後に誰かの気配を感じた。

　思い切って振り向いた先には見知った顔があって、とりあえずホッとする。

「絹くんおはよう」

「バレたか。足音立てないようにあとつけてたのに」

「足音は聞こえなかったけど、なんとなく気配がしたというか。周りが静かすぎるせいかなあ？」

　そう。現在、七時二十分。陽はとっくに昇っているとはいえ、黒帝の生徒が登校するにはまだ早い時間。校舎にはまったくひと気がない。

「ていうかこんな早くにどうしたの、絹くん」

「そりゃこっちのセリフ。安斉サンがいつもよりだいぶ早い時間に幹部室出ていくから何事かって焦ったんだよ。〝また〟逃亡してたら笑えねえだろ？」

黒いオーラを纏った笑顔に、キーンと背筋が冷える。

ああ、この人を怒らせたら本当に笑えない事態になるんだろうな、と本能的に悟った。……なるほど、それであとをつけてきたわけか。

「なんか早く目が覚めたから、今日は早めに登校してみよっかなって思っただけだよ、ただの気まぐれ、です」

「ふーん。ま、なんでもいーけど。怪しく見える行動は控えろよ」

「うん、わかった。なんかごめんね」

わたしを諭してもう用は済んだだろうに、絹くんは当然のように隣に並んでくる。

「幹部室に戻らないの？」

「昨晩寝れなくて、一周まわって今頭が冴えてんのよね」

「え、大丈夫？　なんかあったの？」

「そー、KINGの部屋から、誰かさんのあられもない声が聞こえてくるからさあ」

「へ……、っ、え⁉」

一瞬頭が真っ白になるくらいの衝撃に貫かれて、一拍遅れて、耳までじわっと熱くなる。

「そんなはずない、だって昨日は、ち、千広くんとはなにも……っ」

「へえ、昨日〝は〟」

「き、昨日、も！　うぅ、いやえっと、一昨日は一緒にいたかもだけど、ほんとに昨日は違くてっ」

だめ、動揺で余計なこと言っちゃう！

「おれはカマかけただけなんだけど、よろしくやってるみたいでよかったよ」

「へ！　なっ！」

カマかけた。つまり声なんか聞こえてなかったってこと⁉

絹くんがにやっと笑う。

「あんたって可愛いよな」

「うっ、からかうのも大概にしてください」

「からかってるつもりねぇよ。おれ、お世辞とかぜってぇ言わねえタイプだかんね」

もう、調子のいいことばっかり言って……朝からこのノリは付き合ってられないよ。

一日始まったばっかりなのに、どっと疲れちゃった。

「あ、おーい、無視かよ」

懲りずに追いかけてくる絹くん。わたしの隣に当然のように腰を下ろしてるけど、そこ一応、東《あずま》くんって人の席なんだけどな。

――なんて心配も、ここ最近は不要になった。前に冽くんや開吏くんがクラスに現れてからというもの、わたしの前後左右の席には誰も寄り付かなくなったのである。

いつBLACKの幹部が授業を受けに来てもいいようにと、空き教室から追加で四席運ばれてきたときはびっくりした。

「まさか、絹くんまでここで授業受けるとか言わないよね」

「そのつもりだけど、まさかだめとか言わないよな」

「えっ、え～……」

ここで「だめ、幹部室に戻って」と言って戻ってくれる相手じゃないことは明白なので、もう好きにしてください、という意味をこめて苦笑いを返す。

このあと、教室中が大騒ぎになったのは言うまでもない。

＊

「絹クン、僕たちに黙ってクラス棟に行ったんだあ？」

放課後に幹部室に戻ると、いつもにこやかな冽くんが、なにやら不穏な雰囲気を放ちながらわたしたちを待っていた。

冽くんの向かいに座る開吏くんもジト目でこちらを見ている。

「約束しましたよね絹さん、モブ子先輩と一緒にクラス棟に行くときはメンバーにひとこと声掛けてから行くようにって！」

え……そんな約束してたの？　いつの間に。

「なーにお前ら。そんなに安斉サンと一緒にいたかったんか？」

「あたりまえでしょ〜」

「そんなわけないし！」

お二方からの正反対な返答が見事に重なった。

冽くんの軟派さも開吏くんの凶暴さも相変わらずでちょっと微笑ましい。

「モブ子先輩がまた逃亡したら困るからですよ。監視の目は常にふたり以上ないと」

「も〜。開吏クンもいい加減素直になったら？　日中るーちゃんがそばにいないと寂しいんです〜って」

「はあっ⁉　寂しいわけあるかよ‼」

怒りで真っ赤になった開吏くんが冽くんに掴みかかる。

わたしをダシに弄ばれてかわいそうに……。

開吏くんに同情を投げつつも、こっそり頬が緩んでしまう。

なにはともあれ、今日も平和でよかったあ……。

——赤帝高校に転校させられかけたあの一件のあと、幹部の皆様は相当ご立腹だろうと覚悟を決めていたのに、誠心誠意を込めたわたしの謝罪はあろうことか鼻で笑い飛ばされた。

以降も特に責められることはなく、それが逆に不気味で、油断させておいて背後からぐさりと刺しにいく作戦なのでは……とまで考えていたけれど、いまだ無事。

たぶん、大事にならないように千広くんが裏で釘を刺してくれたんだろうな。

ここ一週間、消化不良の罪悪感に苛まれていたけれど、この至って普通な日常風景を眺めていたら、ようやく、自分はここにいてもいいんだなという気になってくる。

それより、千広くんは今日も不在なのかな……。

なんて、部屋を見渡したときだった。

「るーちゃん危ない！」

「へ？」

焦った声がしたかと思えば、目の前にはこちらに倒れてくる開吏くんが。

えっ、なに？　どういう状況っ？

「どいてあやる先輩！」

「わあぁっ！」

とっさのことに避けきれず、開吏くんと一緒にばたーん！と床に倒れてしまう。

ふわふわなカーペットが敷かれていたおかげでそこまでの痛みはなかった……ものの、代わりに、胸元に違和感が。

「ん……なんか柔らけ……」

「ふぁ」

仰向けのまま状況を確認する。眼下には開吏くんの黒髪。わたしの胸に顔をうずめていて……。

——って、ええっ⁉

「ちょ、開吏くん……っ」

すると、相手はハッとしたように顔をあげた。

「なっ、ごめん先輩すぐ離れるから！」

そんなセリフと同時、むやみに伸びてきた手が、そこをぎゅう、と掴んでくるから。

「ひゃあっ、ん」

思いがけずヘンな声が出て赤面。……だから気づかなかった。

——同じタイミングで、幹部室の扉が開いたことに。

瞬間、部屋の空気がぴしっと張り詰めたような気がして、なんとなく嫌な予感がする。

今の体勢では、ちょうど扉付近が視界に映らない。でも幹部室に入ってくる人物なんて、不法侵入者を除いてひとりしか思いつかない。

「……………」

「……………」

「ち……ひろさん、す、すみませんこれは事故で……。洌さんと軽く揉み合ってたはずみで、なんかバランス崩して倒れた先にこの人が……」

急いで上体を起こした開吏くんが、かわいそうなくらい顔を真っ青にしながら弁解している。

ばくんばくんばくん。

やましいことなんてなにもないから初めは冷静でいたつもりだけど、尋常じゃないほどの焦りを見せる開吏くんにつられて鼓動が速まった。

「明るいうちからさかってんじゃねぇよ」

さ、さか……っ⁉

「オ、オレほんとにそんなつもりは……っ！」

悲壮感に満ちた声が響いたあと、千広くんがゆっくりとこちらに近づいてくる気配がした。とっさにぎゅっと目を閉じる。

「へぇ。ちょっとは仲良くなったみたいじゃん」

おそるおそる顔をあげると、そこには、にやりと笑う千広くんがいた。

すると、ただでさえ青かった開吏くんの顔が、さらに青く……――。

「申し訳ありませんでしたっ‼」

そう叫んだかと思えば、目にも留まらぬ速さで部屋を出ていってしまった。

いったいどうしたんだろう……と首を傾げた矢先に、はたと思い出す。

そういえば千広くんが笑ってるときは怒ってるときだって、前にそんな話をしていたような。

「お前いつまで無防備な格好してんだ」

「おわっ！」

首根っこを掴んで引っ張り上げられた。強引に床に立たされる。

「あははっ。開吏クンこの世の終わりみたいな顔してたね～」

と、楽しげな冽くん。

「笑い事じゃねえよ。開吏、ありゃ本気で焦ってたな。しばらく戻ってこないんじゃないか」

と、言いつつ、同じく楽しげな絹くん。

「はあ」と、面倒くさそうにため息をついた千広くんは、そのまま奥の部屋のほうへ歩いていってしまった。

とりあえず千広くんを追いかけようとしたら手首を掴まれた。

冽くんだ。

「えっと……なんですか」

「るーちゃんて、可愛い声でなくよね」

「はぇ？」

「これまでの女の子たちと同じ、ただの月一のＱＵＥＥＮだったらよかったのに。そしたら毎晩ぐずぐずになるまで可愛がれたのにー。イチャイチャできたのにー」

ああ、恒例の軟派発言。

「もう聞き飽きたよ〜離して」

わたしを抱きしめようとした腕の中をするりと抜け出る。

隙あらばこうやってからかってくるので気を休める暇がない。

「やーい冽くんフラれてやんの」

「おかげでるーちゃんがＱＵＥＥＮになってから僕は常に欲求不満だよ」

やれやれと大げさに肩をすくめてみせる彼に、うっ、と息がつまる。

「おれも。ご無沙汰すぎて童貞に戻った気分」

幹部様ふたりに同時に責められたら縮こまるしかない。でも……。

このふたりならわたしを襲うくらいたやすいはずで、それをしないってことは、本気じゃないってことだ。たぶん。

「そんなにしたいなら代わりの女の子捕まえてくればいいハナシだし……。それに心配しなくても、あと二週間足らずでわたしのQUEENの任期は終わりだから」

寂しいな……なんて思わず感傷的になる。だけど、ふたりは、きょとんとした顔をして。

「は？　なに言ってんのるーちゃん」

「へ？」

「来月からくじ引きはもうやんねぇよ」

「え……えぇっ⁉」

な、なに今の、聞き間違いかな。

「当たり前だろ。今までのくじ引き女はおれたちのお遊び道具。あんたは千広くんの女。ホンモノのＱＵＥＥＮです」

しばしフリーズした。

……ってことは、千広くんの近くにずっといられるってこと？

「あはは、るーちゃん嬉しそう」

「う、嬉しいっていうか……うぅ、嬉しいけど、いいの？　わたしがここに居座っても」

当然、不服を申し立てられると思ったのに、意外にも優しい笑顔を返される。

「もちろんですよ、我らの愛しきお姫様」

そう言って、冽くんが手の甲にキスを落としてくる。

ああもう。相変わらず油断も隙もない。

でも、そっか……よかった。わたし、まだここにいていいんだ。

「ありがとう。わたし、結局あのシゴト……果たせずだったし、あと、開吏くんには鬱陶しがられそうで申し訳ないけど、今後もよろしくお願いします」

誠意を込めたあいさつだったのに、案の定鼻で笑われた。はあ、まったく。

「おれたち、その気になれば可愛い女捕まえ放題だから心配いらねーっすよ」

「あはは、それはたしかに」

「それに開吏クンはるーちゃんのこと大好きだから大丈夫だよ～」

グッ、と親指を立ててみせる冽くんに苦笑いを返す。

好かれているわけはないけど、今後ちょっとずつ仲良くなれたらいいな。

開吏くんだけじゃなく、みんなとも、もっと。

ＢＬＡＣＫの幹部様方に振り回されるのは勘弁だけど、それも踏まえて、これからが楽しみだったりする。

＊

その日の夜。

課題とにらめっこをしていると、お風呂からあがった千広くんがテーブルを覗き込んできた。

「なにやってんの」

「数学の課題だよ」

「黒帝《ウチ》に課題とかいう概念存在してたのか」

「まあ一応……。数学担当の先生が、一方的に授業して、わからないところがあれば個別に聞きに来いっていうやり方を取ってる人で。成績が課題の提出状況で評価されるから、出さざるを得ないというか」

「へえ」

興味なさげな返事だったのに、千広くんはすとんと隣に腰をおろしてくる。

「あー、平均変化率」

「え、千広くん知ってるの？」

「はあ？　知ってるもなにも高二の単元だろ」

「や、そうだけど……。だって、授業出てないのに」

「授業出なくても初めに教科書くらい目通す」

「教科書……」

ただの単語にすぎないのに、千広くんの口から聞くとなぜか笑ってしまった。

「今のどこに笑う要素あった？」

「いやなんか、千広くんでも教科書読むんだなあって……親近感、みたいな？」

「は……？」

ますますわけがわからないといったように眉をひそめる千広くん。

そっか。周囲から崇められてる存在だから忘れてたけど、千広くんもわたしたちと同じ高校生に違いはないんだ。

そんな当たり前のことを認識して少し嬉しくなる。

「ていうかそれ。あと何分で終わんの」

「えー……うーん、今がんばって解いてるとこだから、あと三十分くらい？」

「嘘だろ、こんな雑魚問に」

「なっ、雑魚って」

「一緒に解いてやるから五分で終わらせろ」

直後、シャーペンを持っていたわたしの手に、千広くんの手が重なった。

これだけのことで心臓は簡単に反応する。

「これ、公式覚えるより図書いたほうがわかりやすいな」

いつの間にか奪われたシャーペンが、すらすらとノートの上を滑る。

瞬く間に曲線つきのグラフができあがった。

「xイコール0からxイコール2までの変化率ってことは、この点からこの点までの変化の割合を聞いてる。……わかるか？」

「う、うんっ」

千広くんが書いてくれたグラフの上を指でたどって確かめる。そうやってもう一度公式を見ると、驚くほどすんなり理解ができた。

「あっ、そっか。変化の割合って、xの増加量ぶんのyの増加量だから……」

理解できたうえで公式に当てはめると、さっきまで悩んでいたのが嘘みたいにペンが進む。

大問五の応用問題で少々つまずきはしたものの、千広くんの助言のおかげもあって本当に五分程度で全部解けてしまった。

「すごーい、ありがとうっ」

解けた嬉しさでつい顔がほころんだ……矢先に、ちゅ、と唇が触れた。

「……っ、いきなり……は、だめだってば」

「なんで」

「こ、心の準備がっ」

「もう何回もしてんのに？」

「ぁ……んぅ」

強引に押し当てられた二回目に抗う術はない。抗えるわけがない。好きな人とのキスなんて甘い誘惑に。

ものの数秒で力が抜けてしまったわたしを見て、相手はくすりと笑う。

「お前って可愛いよな」

すでに熱くなっていた肌が一段と熱をもった。

最近よく戸惑う。

千広くんって、こんなに甘かったっけ？

「もっ、やだぁっ」

照れ隠しでついそっぽを向いただけ。

千広くんもそれをわかってるはずなのに、どうしたことか体を少し離された。

「あのさ。あいつらの前じゃ無防備なくせに俺の前だと謎にガード固いのやめろよ」

「へ？」

「押し倒されて胸揉まれるって危機管理能力どうなってんだよ」

「ひゃ……っ」

大きな手が胸元に添えられた。

押し倒されて胸を……。って、さっきの幹部室でのハナシ？

「あれは事故だよ、千広くんもちょうど見てたから知ってるでしょ」

「事故だとしても揉まれてやらしい声出してたのに変わりねえだろ」

「そ、そんな声出してないっ！」

抗議するやいなや、指先にぎゅう、と力が込められて。

「んん……っ」

唇を噛んでいたのに、鼻にかかったような甘ったるい声が漏れて、羞恥のあまり耳まで熱くなる。

逃れようと身をよじったはずがびくとも動かず。いやいやと首を振ってみても同じこと。その反応すら楽しんでいるような千広くんは、意地悪に笑いながら反対の手をパジャマの隙間に忍ばせてきた。

「やぁっ……ぅう」

「前から思ってたけど」

「どういう仕込まれ方したらこんな敏感になんの？」

「ちひろくんだめ」

「ああっ……」

そばにいるだけで心臓に悪いのに、甘く触れられたら思考まで鈍ってしまう。だから、今の問いかけに違和感を覚えるのにしばらく時間を要した。

どういう仕込まれ方をしたら……って。全部千広くんのせいなのに、どうしてちょっと怒ったみたいに言うんだろう。

「おい、聞いてんのかよ」

「う……ぁ、だって千広くんが」

「は……俺がなに」

「初めてのとき、から、こういう風に……触れてくるから、」

口にしたとたん、熱が頭のてっぺんまでのぼりつめて視界がぐらぐらした。一方で千広くんはぴたりと動きを止めた。

「いやいや、今さら純情ぶんなよ。前に男いただろ」

「まえにおと……？　あっ、え、大河くんのこと？」

「呼ぶな。あいつのことは忘れろ」

「ん…っ」

今度は雑に唇を塞がれる。

なにを苛立ってるの……？

大河くんの話を振ってきたのは千広くんなのに勝手すぎる。

あと、まるでわたしが元から経験済みみたいな口ぶりだったのが引っ掛かる。

QUEENになりたての頃はそう思われていたみたいだけど、千広くんと……したんだから、誤解は解けてるはずだよね。

初めてですってちゃんと口にしたことなかったけど、わたしの反応とかでわかるはずだよね？　あれ？　わかる……のかな？

思えば、丁寧すぎるくらい丁寧に施してもらったおかげで想像していたほどの強い痛みは感じなかったし、すんなり、ではなかったものの、甘やかされすぎて後半は気持ちよさに溺れていた記憶しかない。

そう、処女じゃないと判断されてもおかしくないくらいに……。

「し、したことない」

「は？」

「大河くんとそういうこと一回もしたことない、千広くんが初めてだった」

「……なに言って」

「嘘じゃない、千広くんにもらってもらえたら嬉しいなって……ずっと大事にとってたんだもん。い、今だから言えるけど、キスも千広くんが一番最初だったんだよ……っ」

言い切ったあと、ぽろっと涙が零れた。

直後、抱きしめてくれた腕はいつもよりぎこちなくて、だけどいつもよりあったかく感じた。

長い長いため息が間近で響く。

「そういうことは早く言え、馬鹿が」

「馬鹿はひどい、千広くんが勝手に誤解してたのに」

「……言われてみりゃ、ナカ狭かったもんな」

「え……なに？」

ぼそっとなにか言われた気がして聞き返すけれど、「いや」と首を振られる。

「……ちゃんと言ってくれないと気になる」

「大事にとっといてくれて嬉しー、って言ったんだよ」

「う、嘘だっ、千広くんがそんなセリフ吐くわけないもん」

「嘘じゃねーよ、本心。……ありがと、あやる」

甘く掠れた声が鼓膜を揺らした。

再びわたしを抱き寄せると、隙間を埋めるみたいに、ぎゅっとしてくる。

ありがとう、なんてお礼の言葉を吐かせちゃって。恐れ多すぎて息もできない。

おまけにこんなに大事に抱きしめられちゃって。幸せすぎて身の丈に合わない。

わたしに向けられるすべてが千広くんらしくなくて。

「あやる……キスしたい」

千広くんの〝特別〟だって、実感できた。

番外編1・嫉妬【完】

番外編2・旧友

【絢人ＳＩＤＥ】

「あやるちゃんにもう一回会いたいんだよ〜。ね、絢人くんお願いっ！」

こんな頭の痛くなるようなお願いに、うっかり「いいよ」と首を縦に振りそうになるのは、もう何度目か。

「るなこ、いい加減にしようね。相手はＢＬＡＣＫの人間。ＢＬＡＣＫはおれたちの敵。わかった？」

「……ひどい、絢人くんの馬鹿」

本人は睨んでるつもりだろうけど、全然迫力がない。怖いどころか可愛いと思ってしまう。……のが、だめなんだ。

るなこ、こと、本田《ほんだ》月。ＲＥＤ《ウチ》のＫＩＮＧ様の彼女。自覚したくないが、おれはこの子にめっぽう弱いのである。

数か月前、初恋の男（KING）を追いかけて赤帝に転校してきたるなこ。長年の両片思いが実り、ずっと空席だったQUEENの座に就いた。

その恐ろしいほどの行動力から想像できるとおり、自分の感情に素直すぎるこの子を見ていると、なんていうか、生まれたときから封じられていたはずの自我が暴れ出しそうになることがある。

――憧れてるんだと思う。

おれは先祖代々松葉家に仕える家系の生まれで、幼いころから松葉家に仕える者としてふさわしい〝教育〟をされてきた。

血も涙もない松葉家の指示どおりに裏仕事をこなす汚れ役は、自我を持つことなんて許されない。敵に情が湧きでもしたら大変だからだ。

よって、松葉仕込みの完璧な〝おれ〟ができあがった。

普通、子供が松葉家本邸の人間に直接仕えることはないのだが、おれはどうやらそっちの界隈的には優秀だったらしく、中学に上がると同時に千広くん専属の従者となった。

さすが松葉家のご令息。本邸にて間近で対面したとき、生まれて初めて人に対して〝恐ろしい〟と感じた。同時に、どうすればこんな人間になれるんだろうと初めて人に憧れを抱いた。

だけど……千広くんは〝完璧〟じゃなかった。

鋭利な瞳や声の中にわずかな優しさが混じるときがあった。本当に、ごくたまに。本邸の人間が近くにいるときにはうまく隠しているが、〝千広くんには自我——普通の人間みたいな感情がある〟。

人を観察し分析する……というスパイじみた行為が皮肉にも得意だったおれは、千広くんの近くで過ごすうちに、そのことに気づいてしまった。

従者は、主人に特別な感情を抱いてはいけない。——つまり、友達になってはいけない。

言われずとも自分にそんな感情が生まれるわけがないと軽んじていたけれど、くだらないことで笑い合ったり、好きな子の話で盛り上がったり、千広くんと一緒にいると楽しいと感じるようになっていって。……気づいたときにはもう手遅れ。

完璧だったはずの「おれ」は、松葉家や黒土《ウチ》家の体制に疑問を持ち始めて、のちにそれが反抗心へと変わり。一度だけ、松葉家に軽く盾突く態度をとってしまった。

おれがBLACKを裏切ってREDに寝返るかたちになったのは、元をたどればその出来事が始まりだったように思う。

盾突いた挙句、千広くんと必要以上に親しくしていたのを黒帝会の誰かにリークされ、おれは一ヶ月間、折檻部屋に放り込まれた。

耐えがたい苦痛のあとに待っていたのは、すっかり変わってしまった千広くん。氷のように冷たい目で淡々と仕事を命じられるだけで、それ以外の会話は一切なくなった。

だけど千広くんがこんな態度をとるのは、いつ、どこに監視の目があるかわからないからだ。千広くんは優しいから、おれが折檻部屋行きになったことを自分のせいだと思い込み、おれのために距離をとっている。

頭ではわかっていても、千広くんに道具のように扱われるたびに、心のどこかが徐々にすり減っていく感覚がした。

BLACKのJOKERをやりつつ、高校は、千広くんの命令で赤帝に入った。目的はREDへ潜入して情報を横流しすること。黒土家が松葉家に仕える血筋だという情報は、世間にはひた隠しにされているので怪しまれることはなかった。

赤帝は居心地がよかった。ＲＥＤの幹部ともそれなりに仲良くなって、普通に楽しかった。

だからといって絆《ほだ》されたわけじゃない。

千広くんにＲＥＤのＫＩＮＧを刺すよう命じられたとき、悪いとは思いながらもためらいはなかった。――はずだった。

ナイフを突き立てた瞬間、急所を外したことに驚いたのは他でもない自分。ミスったのか、わざとずらしたのか、自分でもよくわからなかった。

ＫＩＮＧを刺したことがＲＥＤにばれたとき、おれはすでにＢＬＡＣＫに戻っていて。間もなくしてＲＥＤの連中が逆襲に乗り込んでくると、不意をつかれたおれたちは惨敗し、あろうことか千広くんまで重傷を負ってしまった。

千広くんが負けるなんてありえなかった。冷静に分析しても、もともと持っている力も戦術のセンスも千広くんが勝っている。なのに、なんで……。

精神的な弱さの、一瞬の隙を突かれたとしか考えられなかった。嘘だ。あの千広くんが？　おれがしくじったせいかも……と、不安に駆られた。

──もっと予想外だったのは、このあとの出来事。

『一緒にREDに帰ろう』と声を掛けてきた女がいた。それがるなこ。

なんの冗談かと思った。自分の好きな男を刺した犯人に〝一緒に帰ろう〟とか。

頭がおかしくなったとしか思えない。

だけど、他の幹部も同じように手をとってくれた。

REDのことが好きだった。でもおれの中では、まだBLACKのほうが大事だった。

千広くんは当たり前として。冽くんや絹くんも大事な仲間だった。調薬の天才と謳《うた》われる冽くんの薬は、仕事にはもちろん、個人的にも愛用していたし、デザインの天才と謳われる絹くんには、敵地の建物構造を解析してもらうなどかなりお世話になっていて、将来、好きな花を彫ってもらう約束もしていた。

不遇な環境で育った人間同士、傷を舐め合いながら過ごしてきて、それでも、松葉家の支配下であるBLACKにいる以上、彼らと〝友達〟にはなれない。決して。

『どうしてBLACKを裏切ったの？』

安斉さんそう聞かれたとき。

『千広くんと友達でいたかったから……かな』

改めて自分に向き合った結果、そんな回答が零れ落ちた。

――そう。おれは千広くんと友達でいたかった。

REDを選んだのは、BLACKとは関係ない場所で出会えていたら……という願いが導いた結果だったんだと思う。

安斉さんと再会したあの日、おれが黒帝を訪れていたのは、白石が千広くんの命を狙っていることを知り、冽くんや絹くんに助けを求めようとしたからだ。

裏切り者のおれが現れれば、正面から向き合う前に息の目を止められて終わりなので、QUEENを人質に取ったうえでふたりに話を聞いてもらう作戦だった。

おれが知るBLACKのQUEENは、くじ引きで選ばれるただのお飾りだったからためらわずに遂行したものの、まさかの今月は安斉さんだったという大きな誤算を食らった。けれど、彼女が今、千広くんのそばにいるなら大丈夫だ……、と、なぜかひどく安心したのを覚えている。

「ねえ~絢人くん待って！　お願いお願い、あやるちゃんに会わせて！」

廊下ではたと足を止める。るなこだ。撒いたはずなのに。

「しつこい」

「しつこくしたら、絢人くん折れてくれるかもだし」

「……………」

そうだった。この子は、初恋の男を追いかけて県外から転校してくるアホだった。

このくらいでへこたれるわけがない。

「なんでそんなに会いたいわけ？」

一応理由を聞いてやる。

「友達になりそこねたから、友達になりたくて……」

なぜか照れながらそんなことを言われ、不覚にも心が揺らぐ。

友達……友達、ね。

「何回も言うけど、安斉さんはBLACKで、るなこはREDの人間。わかった？」

「違うってば。BLACKのQUEENと友達になりたいんじゃなくて、あやるちゃんと友達になりたいのー」

おれが頭を抱える中、るなこは目をきらきらさせながら続ける。

「それにさ、私とあやるちゃんが仲良くなったら、怜悧《れいり》くんと千広くんも仲良くなって、REDとBLACKも仲直りできるかもしれないじゃん⁉」

「…………」

〝怜悧くん〟とは、うちのKINGの名前である。

そんな簡単に修復できる関係なら苦労しねーよ、と。返すつもりが、どうしてか声にならず。

「そうなったらいいんだけどねー」

代わりに、胸の内に秘めていた希望的観測を述べている自分に驚く。

「……検討しといてやるから、今日はもう怜悧くんとこ帰りな」

「っ！　ありがとうっ、よろしくね！」

元気いっぱいに去っていく背中を見送りながら、やれやれと口元が緩んだ。

正直リスクしかないけど、REDもBLACKも大事なおれとしては、一番望んでいる結末だったりする。

無駄にバイタリティに溢れているこの子と一緒なら、もしかしたら叶うかもしれない……とかね。

こんな馬鹿げた賭けにでるなんて、「ギャンブルの天才」の名が泣くな。

自嘲しながら、おれはゆっくりと、スマホの連絡先をタップした。

「――……もしもし、千広くん？　――……」

番外編2・旧友【完】

あとがき

物語を最後まで見届けてくださりありがとうございました。

くじ引きでＱＵＥＥＮに選ばれた女の子が、幹部たちに揉まれながらも、本物のＱＵＥＥＮになるまでのお話。少しでも楽しんでいただけたなら幸いです。

お互いのことを鈍感だと思っているうえに愛情表現が下手なふたりだったので、なかなか距離が縮まらず苦労しましたが同時にとても愛しくもありました。

特に千広はわかりづらく、しかもあやるをあの幹部たちの中に放り込んだ張本人なので、最初の段階で最低だと思った方もいらっしゃるかもしれません。それでも、好きな子だけに見せる表情や、言葉遣い、仕草など、些細な部分から相手を大事に想う気持ちが伝わっていたら嬉しいです。

余談にはなりますが、ＱＵＥＥＮが道具のように扱われているのを知りながらあやるをBLACKに連れて来たのは、『好きでもない男に易々抱かれるような女じゃない』と、千広なりに信じていたからでした。

そんな彼らをカバーイラストで描いてくださった桜イオン先生には感謝が尽きません。先生には前作と前々作からご担当いただいているのですが、美しいことはもちろん、文章のイメージを本当にそのまま表してくださる解像度の高さに毎度のことながら感服してイラストを拝見するたび心臓が暴れて大変です。

刊行にあたりご尽力をいただきました関係各所の皆様に心よりお礼申し上げます。

憧れのレーベルからの書籍化という素敵な機会をいただけて、さらにリニューアル第一段目として選んでいただけたこと、涙が出るほど嬉しく光栄に思います。野いちご文庫が、今後もっともっと愛されるレーベルになりますように！

また、世界線が繋がった『最強総長に、甘く激しく溺愛されて。～RED KINGDOM～』という物語がケータイ小説文庫から刊行されているので、もし気になってくださった方はぜひ探していただけると嬉しいです。この本をお手にとってくださった皆様にたくさんの幸せが訪れますように。最大級の愛と感謝を込めて。

二〇二三年十二月二十五日　柊乃なや

作・柊乃なや（しゅうの・なや）

熊本県在住。度胸のある男性と、黒髪＋シルバーリングの組み合わせが好き。2017年1月に『彼と私の不完全なカンケイ』で書籍化デビュー。現在は小説サイト「野いちご」にて執筆活動を続けている。

絵・桜イオン（さくら・いおん）

星と花と夕暮れが好き。ジャンプSQ.CROWNにて、『がらくた姫とつくもさん』でデビュー。既存作品は読切『銀河鉄道の街』（ジャンプSQ.RISE）、連載『ふたりの一等星』（LINEマンガ）。

柊乃なや先生へのファンレター宛先

〒104-0031
東京都中央区京橋1-3-1 八重洲口大栄ビル7F
スターツ出版（株） 書籍編集部気付
柊乃なや先生

捨てられ少女は極悪総長に溺愛される
【沼すぎる危険な男子シリーズ】

2023年12月25日　初版第1刷発行

著者　柊乃なや
発行人　菊地修一

イラスト　桜イオン

デザイン　粟村佳苗（ナルティス）

DTP　株式会社 光邦

発行所　スターツ出版株式会社
〒104-0031
東京都中央区京橋1-3-1 八重洲口大栄ビル7F
出版マーケティンググループ　[TEL]03-6202-0386
（ご注文等に関するお問い合わせ）
https://starts-pub.jp/

印刷所　株式会社 光邦

Printed in Japan
ISBN 978-4-8137-1523-8 C0193

もっと、刺激的な恋を。

♥野いちご文庫人気の既刊！♥

『魔王子さま、ご執心！①』

＊あいら＊・著

家族の中で孤立しながら辛い日々を送っていた、心優しく美しい少女の鈴蘭。なぜか特別な能力をもつ魔族のための学園「聖リシェス学園」に入学することになって…。さまざまな能力をもつ、個性あふれる極上のイケメンたちも登場⁉　注目作家＊あいら＊の新シリーズがいよいよスタート！

ISBN978-4-8137-1254-1　定価：本体649円（本体590円+税10%）

『魔王子さま、ご執心！②』

＊あいら＊・著

魔族のための「聖リシェス学園」に通う、心優しい美少女・鈴蘭は、双子の妹と母に虐げられる日々を送っていたが、次期魔王候補の夜明と出会い、婚約することに⁉　さらに甘々な同居生活がスタートして…⁉　極上イケメンたちも続々登場‼　大人気作家＊あいら＊新シリーズ、注目の第２巻！

ISBN978-4-8137-1281-7　定価：671円（本体610円+税10%）

『魔王子さま、ご執心！③』

＊あいら＊・著

魔族のための「聖リシェス学園」に通う、心優しい美少女・鈴蘭が、実は女神の生まれ変わりだったことが判明し、魔族界は大騒動。鈴蘭の身にも危険が及ぶが、次期魔王候補の夜明との愛はさらに深まり…。ふたりを取り巻く恋も動き出し⁉　大人気作家＊あいら＊新シリーズ、大波乱の第３巻！

ISBN978-4-8137-1310-4　定価：671円（本体610円+税10%）

『魔王子さま、ご執心！④』

＊あいら＊・著

実は女神の生まれ変わりだった、心優しい美少女・鈴蘭。婚約者の次期魔王候補の夜明は、あらゆる危機から全力で鈴蘭を守り愛し抜くと誓ったが…。元婚約者のルイスによって鈴蘭が妖術にかけられてしまい…⁉　大人気作家＊あいら＊の新シリーズ、寵愛ラブストーリーがついに完結！

ISBN978-4-8137-1338-8　定価：671円（本体610円+税10%）

書店店頭にご希望の本がない場合は、書店にてご注文いただけます。

もっと、刺激的な恋を。

♥ 野いちご文庫人気の既刊！ ♥

『魔王子さま、ご執心！　2nd season①』

＊あいら＊・著

心優しき少女・鈴蘭は苦労の日々を送っていたが、ある日、運命的な出会いをする。その相手は、学園内の誰もが憧れひれ伏す次期魔王候補・黒闇神夜明。気高き魔王子さまに溺愛される鈴蘭の人生は大きく変わり、ふたりは婚約することに…。溺愛シンデレラストーリー続編がいよいよスタート！

ISBN978-4-8137-1446-0　定価：682円（本体620円＋税10%）

『魔王子さま、ご執心！　2nd season②』

＊あいら＊・著

誰もが憧れひれ伏す次期魔王候補・夜明の寵愛を受ける鈴蘭は、実は千年に一度の女神の生まれ変わりだった。鈴蘭をめぐって夜行性と昼行性の全面対決が勃発するけれど、夜明は全力で鈴蘭を守り抜く！　最強魔族たちからの溺愛も加速し、緊急事態が発生!?　溺愛シンデレラストーリー続編、第２巻！

ISBN978-4-8137-1469-9　定価：660円（本体600円＋税10%）

『魔王子さま、ご執心！　2nd season③』

＊あいら＊・著

夜明の婚約者としてパーティに参加した鈴蘭。ドレス姿を見た夜明は「世界一かわいい」と言って溺愛全開！　しかしパーティ中に鈴蘭を狙う黒幕が現れ、全力で犯人を潰そうとする夜明。自分の存在が夜明を苦しめていると悟った鈴蘭は、彼に「距離を置きたい」と告げ…？　大人気シリーズ堂々完結!!

ISBN978-4-8137-1493-4　定価：660円（本体600円＋税10%）

『極上男子は、地味子を奪いたい。①』

＊あいら＊・著

トップアイドルとして活躍していた一ノ瀬花恋。電撃引退後、普通の高校生活を送るために、正体を隠して転入した学園は、彼女のファンで溢れていて……！　超王道×超溺愛×超逆ハー！　御曹司だらけの学園で始まった秘密のドキドキ溺愛生活。大人気作家＊あいら＊の新シリーズ第１巻！

ISBN978-4-8137-1078-3　定価：649円（本体590円＋税10%）

書店店頭にご希望の本がない場合は、書店にてご注文いただけます。

もっと、刺激的な恋を。

♥野いちご文庫人気の既刊！♥

『極上男子は、地味子を奪いたい。⑥』

＊あいら＊・著

正体を隠しながら、憧れの学園生活を満喫している元伝説のアイドル、一ノ瀬花恋。極上男子の溺愛が加速する中、ついに花恋の正体が世間にバレてしまい、記者会見を開くことに。突如、会場に現れた天聖が花恋との婚約を堂々宣言⁉　大人気作家＊あいら＊による胸キュンシリーズ、ついに完結！

ISBN978-4-8137-1222-0　定価：649円（本体590円＋税10%）

『女嫌いのモテ男子は、私だけに溺愛中毒な隠れオオカミでした。～新装版　クールな彼とルームシェア♡～』

＊あいら＊・著

天然で男子が苦手なつぼみは、母親の再婚相手の家で暮らすことに。なんと再婚相手の息子は学園きっての王子・舜だった‼　クールだけど優しくて過保護な舜。つぼみは舜と距離を縮めていくけど、人気者のコウタ先輩からも迫られて…？　ひとつ屋根の下で、胸キュン必須の甘々ラブ♡

ISBN978-4-8137-1420-0　定価：660円（本体600円＋税10%）

『至高の冷酷総長は、危険なほどに彼女を溺愛する』

柊《しゅう》乃《の》なや・著

富豪科と一般科がある特殊な学園に通う高２女子のすばる。ある日、ひょんなことから富豪科のトップに君臨する静日と一緒に暮らすことに！　街の誰もが知っている静日《しずか》の豪邸で待ち受けていたのは甘々な溺愛で…⁉　「……なんでそんなに可愛いのかな」とろけるほどに愛される危ない毎日に目が離せない！

ISBN978-4-8137-1458-3　定価：682円（本体620円＋税10%）

『孤高の極悪総長さまは、彼女を愛しすぎている【極上男子だらけの溺愛祭！】』

柊《しゅう》乃《の》なや・著

杏実《あみ》が通う学校には、周囲から信頼の厚い“Sol《ソル》”と、極悪と噂される“Luna《ルナ》”という敵対する２つの暴走族が存在する。高２のクラス替えでふたりの総長と同じクラスになった杏実は、とあるきっかけで両チームの最強男子たちに気に入られ…⁉　完全無欠な総長たちからの溺愛にドキドキ♡

ISBN978-4-8137-1421-7　定価：682円（本体620円＋税10%）

書店店頭にご希望の本がない場合は、書店にてご注文いただけます。